新 潮 文 庫

ヴェニスの商人

シェイクスピア
福田恆存訳

新 潮 社 版

1771

目次

ヴェニスの商人

場所　ヴェニス、およびベルモントにおけるポーシャの家

人物

ヴェニス公
モロッコ王
アラゴン王　右二人ポーシャの求婚者
アントーニオー　ヴェニスの商人
バサーニオー　その友人で、ポーシャの求婚者
グラシャーノー
ソレイニオー
サレアリオー　右二人の友人
ロレンゾー　ジェシカの恋人
シャイロック　ユダヤ人
テュバル　同じく、その友人
ランスロット・ゴボー　道化役で、シャイロックの召使
老ゴボー　その父親
レオナードー　バサーニオーの召使

バルサザー
ステファーノー　ポーシャの召使
ポーシャ　ベルモントの貴婦人
ネリサ　その小間使
ジェシカ　シャイロックの娘

その他、ヴェニスの貴族、法廷の役人、牢番《ろうばん》、ポーシャの召使、侍者たち。

〔第一幕 第一場〕

1

ヴェニスの町なか

アントーニオー、サレアリオー、ソレイニオーが話しながら出て来る。

アントーニオー まったく訳がわからない、どうしてこうも気がめいるのか。われながら厭《いや》になる。なるほど、きみたちだって迷惑だろう。だが、このふさぎの虫、どうしてそいつに取りつかれたのか、どうしてそんなものを背負《しょ》いこんだのか、そもそも何がもとで、どこから生じたのか、それがさっぱり見当がつかない。とにかく、気はめいるばかり、おかげですっかり腑《ふ》ぬけのてい、自分で自分の心を掴《つか》みあぐねている始末なのだ。

サレアリオー つまり、きみの心は大海の波に揺さぶられているというわけさ。だって、そうだろう、今ごろはその海のうえを、きみの持船がいずれも大きく帆をふくらませて――そう、その押しだしはまさに海の殿様か大商人というところ、それとも、海上を練り歩く山車《だし》行列にたとえるべきかな――文字どおり威風堂々あたりを払い、行き交う小舟の群が頭《こうべ》をたれ腰をかがめるなかを、翼をひろげて飛びすぎるというわけだ。

ソレイニオー　それは、ぼくにしたって、きみ、それだけの財産を海に賭《か》けているとなれば、おのが魂の七分がたは希望と手をつないで、海上をうろつきまわろうというものさ。おそらく草の葉をむしって風向きを確めようとあせったり、たえず地図をのぞきこんでは、やれ、港はどこだ、やれ、桟橋《さんばし》は、舟着き場はとさがしまわるにちがいない。それでもし船荷になにか気がかりなことでも起れば、それがどんなささいなことであろうと、まちがいなしだ、結構、気をめいらせてしまうだろうよ。

サレアリオー　そうさ、ぼくだって、熱いスープをさます息ひとつ、吹いただけでも大事だ、たちまち瘧《おこり》にかかってしまうだろう。その息が、もし海の上なら、どんな疾風《はやて》となって荒れ狂うかもしれないと思うからね。そればかりか、砂時計の砂が流れ落ちるのを見るにつけても、中洲《なかす》や浅瀬のことを想《おも》わずにはいられないだろう。船荷を一杯積んだぼくのアンドルー号が、砂上に乗りあげ、その大帆柱を横ざまに倒して、自分の墓穴に口づけしている姿が眼《め》に浮ぶのだ……教会へ行けば行くで、その聖なる建物の石組みを目にすれば、どうしてあの恐しい暗礁《あんしょう》を想いださずにいられるだろう？　だって、そいつがやさしい船の横腹にぶつかりでもしようものなら、積みこんだ香料は海のうえに撒《ま》きちらされ、荒れすさぶ波も絹の晴着をまとうというわけで、手っとり早く言えば、いま、これだけあると思った財産が、瞬間にして無に帰してしまうのだからね。ぼくだって、そのくらいの想像力はある、とすればだ、その結果、どれだけ気がめいるかくらい想像できないはずはあるまい？　いや、もう何も言うことはない――解《わか》っているよ、アントーニオー、きみは船荷のことで気をくさらせているのだよ。

アントーニオー　いや、決してそうではない――ぼくは運がよかったのだ――ぼくの投資は、なにも一つの船にかかっているわけではない。取引先も一箇処だけではない。それに全財産が今年の商いの運不運に左右されるわけでもない。だから、船荷のことで気をくさらせはしないよ。

ソレイニオー　そうか、それなら、わかった、恋だ。

アントーニオー　冗談いってはいけない！

ソレイニオー　恋でもないって？　それなら、こうだ、悲しいのは、楽しくないからだ。となれば、雑作はない。大いに笑って跳ねて、こうも言えるだろう、ぼくは楽しい、悲しくないからだ、とね。ところで、天国の門番ジェイナス神には顔が二つあるというが、造化の神も今日までずいぶん奇妙な人間をこしらえあげてきたものさ。始終、目を細くして、バッグ・パイプの物悲しい音色を聴いても、鸚鵡《おうむ》のようにけたたましく笑いだすやつがいるかと思えば、まるで酢でも飲んだような顔をして、謹厳なネスター神が太鼓判を押した冗談にも、白い歯ひとつ見せまいという手あいもいるし……

バサーニオー、ロレンゾー、グラシャーノーがやってくる。

ソレイニオー　バサーニオーが来る、きみの親戚《しんせき》の。それに、グラシャーノーも。ロレンゾーも一緒だ……さようなら、よりよきお仲間にきみを引渡すとしよう。

サレアリオー　もうすこしお相手をして、きみの心を浮きたたせたいのだが、あんな立派な友達が現れた以上、その必要もなくなった。

アントーニオー　立派な友達ということになれば、きみだって得がたい友さ、ぼくの目には。どうやら自分のほうに用ができたので、これをいいしおに逃げだそうというのだね。

サレアリオー　やあ、今日は。

バサーニオー　（近よって来て）やあ、きみたちか、今度はいつ集るね、例のどんちゃん騒ぎ、いつがいい？　妙によそよそしいじゃないか、どうしても行くと言うのだね？

サレアリオー　いずれ折を見て、お訪ねすることにしよう。（ソレイニオーとともに退場）

ロレンゾー　さあ、バサーニオー、こうしてアントーニオーに会えた以上、ぼくたち二人は失礼しよう。だが、昼飯の約束、いいかい、忘れないでくれよ、会う場所を。

バサーニオー　心配するな。

グラシャーノー　元気がないな、アントーニオー、きみは世の中のことをあまり気にしすぎるのだ。世間というやつは、くよくよすればするほど、ままにならぬものなのさ。本当だよ、きみはすっかり変ってしまったな。

アントーニオー　この世はこの世、ただそれだけのものと見ているよ、グラシャーノー――つまり舞台だ、誰も彼もそこでは一役演じなければならない、で、ぼくの役は泣き男というわけさ。

グラシャーノー　では、ぼくは道化役とゆこう。陽気に笑いさざめきながら老いさらぼうて皺《しわ》をつけ、酒びたしで肝臓をほてらせるがいい。そのほうが苦しい溜息《ためいき》ついて、その一息ごとに心臓を凍らせるより、よほどましだ。熱い血のかよった人間が、石膏《せっこう》細工の爺《じい》様よろしく、どうしてじっとしていなければいけないのだ？　醒《さ》めながらうつらうつらと眠りこける、ささいなことに気をいらだたせ、そのたびごとに黄疸《おうだん》をつのらせる、どうしてそんなことをするのだ？　ひとつ、言わせてもらおう、アントーニオー——ぼくはきみが好きだ、好きだからこそ言うのだが——世の中には妙なやつがいて、顔中一杯に薄皮をかぶり、まるで澱《よど》んだ水溜《みずたま》りよろしく意固地に押し黙っているが、それというのも世間から、分別がある、落ちついている、考え深いなどと評判をたてられたいだけのこと。「吾《われ》こそは大預言者なり、いで、神託を述べん、犬ども黙れ」と言わんばかりの面《つら》つきだ……だが、アントーニオー、ぼくはそういう連中を知っている、やつらは何も喋《しゃべ》らぬという、ただそれだけの理由から分別者で通っているのさ……ところが、そいつに一度でも口を開かせてみるがいい、とんだはた迷惑、それを聴いたら、たちまち地獄落ちだ、たとえ相手が兄弟でも、つい馬鹿野郎《ばかやろう》とどなりつけずにはいられぬだろうからな。その話はいずれまたゆっくりすることにして、まあ、やめにしたがいい、ふさぎの虫を餌《えさ》にして、世間の評判というだぼはぜ釣《つ》りに憂《う》き身をやつすなどということは……行こう、ロレンゾー。しばらくお別れだ、この説教の結びは、いずれ昼飯のあとでつけることにしよう。

ロレンゾー　では、昼までお別れだ。ぼくもどうやら、そのだんまりの分別屋の仲間入りをしたらしい。グラシャーノーが一言も口をきかせてくれないのだからな。

グラシャーノー　まあ、もう二年ばかりつきあってみるがいい。自分で自分の声を忘れてしまうだろうよ。
アントーニオー　さようなら。それでは、ぼくもせいぜいお喋りになるとしよう。
グラシャーノー　それはうれしい――黙っていて褒《ほ》められるのは、乾物の牛の舌と売れ残りの娘だけさ。（ロレンゾーと腕を組んで、笑いながら退場）
アントーニオー　いまの話、あれは一体なんだね？
バサーニオー　なんでもない、グラシャーノーの無駄口《むだぐち》ときたら、まさに窮《きわま》るところなし、ヴェニス中、あの男に及ぶものは一人もいないよ。筋の通った話はめったにない。一俵の籾殻《もみがら》の中にまぎれこんだ一粒の小麦みたいなもの、見つけだすのに一日がかり、見つかったはいいが、見ればその甲斐《かい》なしという代物《しろもの》さ。
アントーニオー　さあ、聞かせてもらおう、問題の女性は誰なのだ、きみがひそかに辛《つら》い恋の旅路を覚悟した相手の女は？　きょう話してくれる約束だったろう？
バサーニオー　アントーニオー、きみも薄々気づいているだろう、わが家の財政はすっかり左前、まったく惨澹《さんたん》たる有様だ。それというのも、ぼくの財力には荷の勝ちすぎた派手な生活を送ってきたからだ。もちろん、そんな栄耀栄華《えいようえいが》にいまさら未練はない。目下の急務は借金をきれいにかたづけることなのだ。分にすぎた浪費生活のおかげで、それが途方もなく脹《ふく》れあがり、このままではどうにも身動きできない……いや、アントーニオー、一番迷惑をかけているのはきみだ、金といい、友情といい。そして、いままた、その友情にすがって、ぼくの考えている方法や目的を打ち明け、どうしたら借金の重荷からのがれられるか、相談したいのだよ。

アントーニオー　遠慮はいらない、バサーニオー、すっかり話してくれ。もしその話が、いや、きみのことだ、そうに決っているが、名誉に傷がつくことでないなら、安心するがいい、ぼくの財布も身柄《みがら》も、ぼくに出来ることならなんでも、お望みとあれば、すべては御意のままだ。

バサーニオー　まだ小学校に通っていたころのことだ。矢を見うしなうと、そのあとを追ってもう一本、同じ手ごろの矢を、同じ方角に、今度は十分注意して放ってみる、前のやつを見つけるためにね、二本ともなくなす危険を賭けて、おかげで二本とも取りもどしたものさ。こんな子供のころの経験をわざわざ持ちだしたのも、あとの話があまり子供じみてたわいがなさすぎるからなのだが……つまり、きみにはしこたま借りがある、それを、ぼくは、向う見ずな若者よろしく、みんななくしてしまった——だが、出来れば、もう一度、最初に射たのと同じ方角に矢を放ってもらいたいのだ。そうすれば、受けあってもいい、今度こそ、十分、狙《ねら》いに気をつける、きっと二本とも持ち帰るだろう。すくなくともあとの賭け金だけはお返しして、最初の分にたいしては債務のまま甘んじてきみの好意にすがるとしよう。

アントーニオー　きみはぼくという男をよく知っているはずだ。それなら、ぼくの友情を遠巻きに攻めたてるような暇つぶしはやめにしてくれ。言語道断だよ、きみにたいするぼくの好意を秤《はかり》にかけるなどとは。ぼくの全財産を使いはたすより、もっと悪い。だから、まっすぐ言ってくれ、ぼくはどうしたらいいのか、ぼくに出来そうだと思うことを、なんなりと言ったらいい。ぼくはそれを喜んでするよ。さあ、言ってくれ。

バサーニオー　ベルモントの女性で、大きな遺産をもった人がいる。それがすばらしく器量よしときている。それどころか、その器量よりもっといい器量を、すなわち得がたい美徳を身につけている――しかも、その女人の眼が、あるときぼくに得もいわれぬ無言の挨拶《あいさつ》を送ってよこすのを読みとったのだ……名まえはポーシャ、ケイトーの娘、ブルータスの妻、あのポーシャにもひけはとらない――その値うちは世界中に知れ渡っている。東西南北、四つの風が、あらゆる岸辺から、名だたる求婚者を送りこんで来るのだもの。その女のこめかみには、光り輝く髪が、金の羊の毛のように垂れさがっている。ベルモントの邸《やしき》はあたかもコルコスの岸辺のよう、金の羊毛を手に入れようと、ジェイソン気どりの英雄たちが次から次へと乗りこんで来るのだ……ああ、アントーニオー、かれらと張りあうだけの財産がありさえすれば、ぼくには解っているのだ、きっと勝って、みごと幸運を摑《つか》んで見せるのだが。

アントーニオー 知ってのとおり、いま、ぼくの全財産は海にある。当座の間に合う現金もなければ品物もない。頼むところは信用だけだ、すぐにも行って、このヴェニスの町で、それがどれだけ物をいうか試してみるがいい――とにかく出来るだけの工面をして、きみをベルモントへ、その美しいポーシャのもとへ送りとどけることにしよう……さあ、すぐにも金蔓《かねづる》さがしに出かけるがいい。ぼくもさがす。心配するな、信用にせよ好意にせよ、かならず手に入れて見せる。（二人、退場）

〔第一幕 第二場〕

2

ベルモントにおけるポーシャの家の広間

正面は廻廊《かいろう》になっていて、その下に入口があり、カーテンで隠されたアルコーヴに通じている。

ポーシャと小間使のネリサが出て来る。

ポーシャ 本当、私の小さな体には、この大きな世界が重たすぎるのだよ。
ネリサ まあ、お嬢様、いま抱きしめておいでになるおしあわせの数ほど、辛いことがたくさん押しよせてまいりましたら、そんなこともございましょう。もっとも、よくは解りませんけれど、あまり御馳走《ごちそう》を召しあがりすぎると、食べ物もなく、ひもじい思いをしているものと同様、やはりお体を悪くなさるとか、そうなると、身分もいい加減のところのほうが、いい加減のしあわせが手にはいるというわけでございましょう――度を過せば白髪《しらが》を招き、程を守れば長寿を保つ。
ポーシャ いい格言だね。言いまわしも気がきいているし。
ネリサ それを守れば、なおさらよろしゅうございましょう。
ポーシャ もし善を行うのが、それを知ることと同じくらいに易しいものなら、小さな礼拝堂はたちまち大伽藍《だいがらん》と化し、貧しい小屋も立派な王宮に変るだろう。神父様にしても、自分の口にするお説教が守れれば、それこそ聖者。なにをしたらいいか、それを教えるだけなら、私にもいくらでも出来ます。でも、その自分の教えの一つでも守れと言われたら、そうたやすくは出来ません……頭は、逸《はや》る血をおさえる掟《おきて》を作りもしましょう、でも、火と燃える情熱は冷たい鉄の鋳型《いがた》を越えて流れだす――青春は手に負えない気ちがい兎《うさぎ》、ちんばの分別が仕掛けて歩く忠告の網を、苦もなく跳び越える……無駄なこと、そうしていくら理窟《りくつ》をこねてみたところで、私が夫を選ぶのになんの役にもたちはしない。ああ、もうたくさん、「選ぶ」などという言葉は！　私には、好きな人を選ぶことも、嫌《きら》いな人を断ることもできないのだもの――生きている娘の意思が、死んでしまった父親の遺志で縛られているのだもの……酷《ひど》いとは思わないかい、ネリサ、自分で選ぶことも断ることもできないというのは？

ネリサ　お父様は、それは、それは、御立派なお方でございました。お心のきれいなお方の御臨終には、いいお考えが浮ぶもの。ですから、御安心なさいまし、あの金、銀、鉛の三つの箱にお父様がお秘めになった籤《くじ》、そのなかからみごとにお父様のお心をお引きあてになったお方が、お嬢様をお迎えあそばすとか、それが間違いなく選べるほどのお人なら、それこそ間違いなし、きっとお嬢様がお好きになれるお方でございましょう……それはそうと、さきほどお着きになったお歴々の皆様のこと、どのように思召《おぼしめ》しますやら、お心のうち、ぜひお聞かせくださいまし。

ポーシャ　それより、順に名まえを言って。そしたら、一人一人、特徴をあげてみましょう。その口うらで、私の気もちを察しておくれ。

ネリサ　それなら、一番最初がナポリのプリンス。

ポーシャ　そう、あの方は文字どおりの頓馬《とんま》。なぜといって、馬の話よりほかに能がないのだもの。自分で馬蹄《ばてい》がつけられる、それがなにより御自慢、大層立派な才能ででもあるかのように思っているのだもの。あの方のお母様、鍛冶屋《かじや》と何かあったのかもしれない。

ネリサ　では、お次がパラチン伯爵《はくしゃく》。

ポーシャ　あの方は顰《しか》め面《つら》よりほかに能がない。「わたしがお厭《いや》なら、お勝手に！」まるでそう言いたげな。おもしろい話を聞いても、にこりともしない。きっと、年をとったら、あの泣虫哲学者とやらになるのだろうよ、いまの若さであぁ人前もなくふさぎこんでいるようでは……ああいう人たちと結婚するくらいなら、口に骨をくわえた死人の首と暮すほうが、まだまし。神様、どうぞ私をお守りくださいまし、あの二人の手から！

ネリサ　それなら、どうお思いになります、あのフランスの華族のル・ボン様は？

ポーシャ　あの方もやはり神様がお造りになったもの、だから、人間ということにだけはしておこう――ええ、人を嘲弄《ちょうろう》するのは罪だよ、でも、あの人だけは！　そう、あの人は、馬となると、ナポリのプリンスより夢中になるし、顰め面の悪癖にかけては、パラチン伯爵も遠く及ばぬ底ぬけぶり――つまり、なんでもかでもあって、なんでもない、そういう人なのだよ――鶫《つぐみ》がさえずれば、すぐに浮かれて踊り狂う――鏡の中の自分にだって斬《き》りつけかねないお人柄。あの人と結婚したら、二十人の夫をもたされたのも同じこと……もしもあちらで私を軽蔑《けいべつ》なさるなら、私は喜んでその罪を許してあげよう。たとえ気ちがいのように愛してくれても、こちらはなんのお返しもする気がないのだもの。

ネリサ　それではフォルコンブリッジ様は、あのイングランドの若い男爵様についてはどうおっしゃいます？

ポーシャ　どうもこうもありはしない。あの方にはこちらの言葉が通じないし、私にはあちらの言葉が解らない。あの方はラテン語もフランス語もイタリー語もごぞんじない。そして、私のほうは、いいとも、ネリサ、なんなら法廷へ行って宣誓でもなんでもおし、英語ときたら、こちらは文なし、話が出来るほど言葉の持ち合わせがないのだもの……たしかに、あの方はいい男の見本よろしく、でも、残念なこと！　だんまりを相手に、誰に話が出来て？　それにしても、大層奇妙な装いをしておいでだこと！　上着はイタリー仕込みらしいし、ズボンはフランス、帽子はドイツ、そして作法ときたらあちこち仕込みときている。

ネリサ　その隣国のスコットランドの華族様のことは、どうお考えになります？

ポーシャ　その隣人の愛とやらを、あの方は大層もっておいでらしい。いつかもイングランドから頰《ほお》に平手打ちを頂戴《ちょうだい》しておきながら、いずれ融通のつき次第、その御返礼にもう一つの頰をさしだしますと誓っているくらいだもの。例のフランスのお方が保証人になって、その平手打ち、再び頂戴仕《つかまつ》るべく候《そうろう》、と判をおしているとか。

ネリサ　では、若いドイツのお方はいかがでございます、サクソニー公の甥御《おいご》さんの？

ポーシャ　朝のうちは大嫌い、しらふでいるから。昼すぎになると、どうにも我慢ができなくなる、酔っぱらっているのだもの。一番いいときで、少しばかり人間以下、一番わるいときは、獣より少しばかりましというお人なのだから――まあ、どんな悪い籤を引こうと、あの人の手にだけは落ちたくない。

ネリサ　そうおっしゃっても、もしあのお方が進んで箱選びにお立ちになり、万一、正しい箱をお採りになったとしたら、お父様の御遺言はどうなります、お嬢様はそのお言いつけに背くことになりますよ、どうしてもあの方との御縁組がお厭だとなれば。

ポーシャ　だから、お願い、そんな世にも忌《い》まわしいことが起らないように、間違った箱の上にライン酒の大きな杯を載せておいて。中に悪魔が隠れていようと、外に誘惑がありさえすれば、大丈夫、きっとあの人はその箱を選びましょう……私はどんなことでもして見せるだろうよ、ネリサ、あんな飲みぬけの海綿と一緒になるくらいなら。

ネリサ　御心配にはおよびません、お嬢様、あの方々の手からはお逃れになれました――御一同のお話では、もう御決心はついたとか、かならず国へ帰る、これ以上、無理におせがみしてお嬢様のお心をお煩《わずら》わせしたくない、なにか他の方法でお心をかちえるならともかく、小箱にすべてを賭《か》けろというお父上様の御遺言とあれば、それよりほかに仕方はないからとのことでございます。

ポーシャ　私は、あのシビラのように砂の数ほど長生き出来ても、貞潔な月の女神ダイアナのようにきれいな体で死んでゆきましょう。それでも、お父様の御遺言にそむいた結婚をするより、まだましだもの。でも、よかった、あの人たち、柄になく聴きわけがよくて。そうだろう、いなくなってうれしくないような人は一人もいないのだもの。どうぞ神様、あの人たちを首尾よく旅立たせてあげてくださいまし。

ネリサ　それはそうと、憶《おぼ》えていらっしゃいますか、お嬢様、まだお父様が御在世の時分、学者で軍人で、そら、モントファラット侯爵と御一緒においでになったあのヴェニスのお方を？

ポーシャ　ええ、憶えています、バサーニオー、たしかそんなお名だったように思うけれど。
ネリサ　そのとおり、お嬢様、そのお方でございます。節穴ながら、この目でしかとお見とどけいたしました、お目にかかった殿方のうち、まさにこの上なしの殿御ぶり、美しい御婦人にお似あいのお方とぞんじます。
ポーシャ　よく憶えています、その方なら。そう言えば、まんざら的はずれとも言えない、その褒め言葉も……

召使がはいって来る。

ポーシャ　どうかしたのかい？　何かあったのかい？
召使　さきほどのお客様方、もう一度お嬢様にお目にかかって、お暇《いとま》ごいを申しあげたいとおっしゃっておいでででございます。それに、もう一人、モロッコ王のお使いで、お先ぶれの方がお着きになり、王様には今宵《こよい》こちらにお見えとのこと。
ポーシャ　前の客に別れを告げる同じ心で晴々と、新しい客が迎えられるものなら、喜んでそのお出《い》でをお待ちできようものを。もしその方が黒ずんだ悪魔の面に、澄んだ聖者のお心を秘めておいでなら、いっそ懺悔《ざんげ》の聴き役になってもらいたい、妻に望まれるよりそのほうが、どれほどましか……さあ、ネリサ、先に行って。やっと一人

を送りだしたと思ったら、また別の一人が戸をたたく。（一同、退場）

〔第一幕　第三場〕

3

ヴェニスの町なか、シャイロックの家の前

バサーニオーとシャイロックが出て来る。

シャイロック　三千ダカットか――ふむ。

バサーニオー　そうだ、期間は三月。

シャイロック　三月か――ふむ。

バサーニオー　その責任は、さっき言ったように、アントーニオーが負ってくれる。

シャイロック　責任はアントーニオーが負ってくれる――ふむ。

バサーニオー　おれを助けてくれるのか？　おれの望みをかなえてくれるのか？　さあ、返事を聞かせてもらいたい。

シャイロック　三千ダカットを三箇月――で、アントーニオーが責任を負ってくれるとな。

バサーニオー　さあ、その返事を。

シャイロック　アントーニオーはいい人だ。

バサーニオー　そうでないという噂《うわさ》を一つでも耳にしたことがあるかね？

シャイロック　ほい、なんの、いや、とんでもない……いい人だと言ったのは、つまり、あの人の支払い能力は認めるという、その私の気もちを解《わか》ってもらいたかったまでの話さ。だが、その財産は目下のところ仮定状態にある……トリポリスに一隻《せき》、西インドに一隻、それに取引所で聞いた話では、三隻目をメキシコに、四隻目はイングランドに出しているとか、いや、そのほかにも、やたらにあちこちばらまいているらしい。しかしな、船はただの板ですぜ、船乗りはただの人間だ――おまけに陸の鼠《ねずみ》に海の鼠、陸の盗人《ぬすっと》に海の盗人――海賊のことさ――危険はまだある、波、風、暗礁《あんしょう》というやつだ……いや、それはそれ、あの男なら間違いはありますまい。三千ダカットか――どうやら証文頂戴しておいてもよさそうだな。

バサーニオー　太鼓判をおすよ。

シャイロック　おすときは、自分でおしますさ。それがおせるように、よく考えてみようというわけだ――アントーニオーと話ができますかな？

バサーニオー　よかったら、一緒に食事をしようじゃないか。

シャイロック (傍白) ふん、豚のにおいを嗅《か》ぎに出かけるのか、お前さんたちの預言者、例のナザレ人が悪魔を閉じこめたという、その豚の肉を食いにな……なるほどお前さんたちと売り買いもしよう、話もしよう、連れだって歩きもしよう、そのほかなんでも一緒にやろう。が、飲み食いはごめんだ、並んでお祈りが出来るものか……(声高く) 何かあったのかな、取引所に? 誰だ、あそこへやってくるのは?

アントーニオーが近づく。

バサーニオー アントーニオーだ。(アントーニオーを横へ連れて行く)

シャイロック (傍白) なんという顔だ、神様にごまをすったあの神妙な収税吏よろしくじゃないか! おれはやつが嫌いだ、クリスト教徒だからな。だが、それより腹がたつのは、あの止め度ない頭の低さ、言われるままにただで金を貸し、このヴェニスの利子を引下げて、おれたちの仲間の邪魔をする……いまに見ろ、ちょいとでも風向きが変ったら、長い歳月、積り積った恨みだ、たっぷり晴してやるからな……やつはおれたち、聖なるユダヤ人を目の敵《かたき》にして、なんのかんのと文句をつけやがる、それも、場所もあろうに、商人どもがたくさん集っているところで、このおれに、おれの取引きに、正当なおれの儲《もう》けに、けちをつける、それが利子だとぬかしやがる……

ユダヤ人もおしまいだ、シャイロックとしたことがやつをこのまま見逃すようでは！

バサーニオー　（向き直って）シャイロック、おい、聞えるのかい？

シャイロック　なに、動かせる金高を勘定していたところですよ。で、大体、積ってみたところ、どうも無理ですな、すぐ一度に三千ダカットというのは。いや、なんのことはない。テュバルがいる、同じユダヤ人仲間の金持だ、そいつが融通してくれるだろう。が、ちょっと待った――何箇月の御希望だったかな？（アントーニオーにお辞儀をして）これは、これは、アントーニオーさん、お元気らしくて、何よりですな、いまさっき、お噂申しあげていたばかりのところだ。

アントーニオー　シャイロック、もともとおれは金の貸し借りに、余分なおまけを取ったりやったりはしない流儀だが、友達がさし迫って金がほしいと言う、仕方がない、その流儀は捨てることにしよう……（バサーニオーに）金額は言ってあるのかい？

シャイロック　さよう、三千ダカット。

アントーニオー　期間は三箇月。

シャイロック　忘れていた――三箇月ね――たしかにそう言った……ところで、証文がいただきたいな。待てよ――もう一度、たしかに、利のついた金の貸し借りはしないと言われたようだが。

アントーニオー　おれの流儀にはないことだ。

シャイロック　ヤコブが叔父のラバンの羊飼いをしていたときのことだ。このヤコブ、狡《ずる》いおふくろのおかげで、長男を押しのけ、おれたちの先祖アブラハム様の三代目におさまった、さよう、三代目にな――

アントーニオー　で、そのヤコブがどうした？　利子でも取ったのか？

シャイロック　いや、利子は取らない――あんたの言う利子はな――が、いいかな、ヤコブの遣《や》り口というのはこうだ。ヤコブは叔父のラバンとある約束をした、その年に生れる小羊のうち、縞《しま》と斑《ぶち》はみんなヤコブのものになるとな。やがて秋も末になり、牝羊《めひつじ》にさかりがついて、牡《おす》をあてがわれる。そこでだ、やつら羊の親どもの間に、子孫増殖の営みが行われようという、まさにそのとき、かの抜けめなきヤコブは、そこらの木の小枝を集めてその皮を剝《は》ぎ、その自然の営みの真最中、さかりのついた牝羊の眼《め》の前に、そいつをずらりと並べて突きたてた。やがて、牝羊ははらむ、そして時が来て、生み落した小羊はことごとく斑、つまり、みんなヤコブのものになりましたのさ……これ、すなわち利殖の道、天がヤコブに幸《さいわい》したもうたでな。こうして儲けはつねに天の祝福を得る、盗んだものでさえなければね。

アントーニオー　そいつは無謀というものだな、ヤコブのやったことは――もともと自分の力でどうこうできる筋あいのものではない、すべては神の御手《みて》の導きによることだ……それにしても、今の話、利子を奨励するため聖書に入れてあるのかね？　お前さんの金銀は子を生む羊の夫婦だというわけか？

シャイロック　そこはなんとも申せませんな、ただおれは金にもどしどし子を生ませるというだけの話――ところで、念のために、一言。

アントーニオー　（バサーニオーだけに）聞いたか、バサーニオー、悪魔も聖書を引きあいにだす、手前勝手にな。ねじけた心が、聖句を楯《たて》に使うとは、それ、悪党の造り笑いと同じこと、見かけだけで、しんは腐っている林檎《りんご》みたいなものさ……なるほど、贋物《にせもの》たるもの、結構立派な外見をそなえているものだな！

シャイロック　三千ダカット――結構まとまった金高だ……三月は十二箇月の、さて、その利子の割合はと。

アントーニオー　どうだ、シャイロック、融通してもらえるのか？

シャイロック　アントーニオーさん、今日までいったい何度になりますかな、あんたは取引所でこのシャイロックの顔さえ見ると、きっと大声で毒づいてきなさった、おれの金がどうの、利子がこうのとな。それをおれはいつも肩をすぼめてやりすごし、じっと我慢しとおしてきたものさ。堪忍袋《かんにんぶくろ》はおれたち仲間の鑑札みたいなものですからな。あんたは言ったたね、おれのことを、やれ、邪教徒の、やれ、人嚙《ひとか》み犬のと。そしてこのユダヤ人の着物に唾《つば》を吐きかけなさった、それもこれも、おれがおれの金を使ったのがお気に召さぬというわけでな……そこでだ、今度は、どうやらおれの助けが要るらしい。さあ、そこでだ、おれのところへやってきてこうおっしゃる、「シャイロック、金がほしい」――そう、仰《おお》せになる、あんたがね！ このひげに唾を吐きかけ、まるで野良犬《のらいぬ》を戸口から追いだすように、このおれを足蹴《あしげ》にかけたお前さんがだ――金に用がある、とね。さて、どう返事をしたらいいものか？ こういったら、どうですかな？ 「犬に金がありますかな？ 野良犬に三千ダカットの金が貸せましょうか？」とね？ それとも、腰をかがめ、下僕のようにおずおずと、息も切れ切れに、こう申しあげては？ 「これは、これは、旦那《だんな》様、この前の水曜日には唾を頂戴いたし、それに某日は足蹴にかけていただきました――また、別のとき、犬と呼んでくださったこともございます。それこれ数々の御厚情におこたえすべく、しかじかの金額、きっと御用立て申しあげます」と？

アントーニオー　おれは今後もお前を犬よばわりし、唾を吐きかけたり、足蹴にかけたりするかもしれない。だから、もし貸す気があるなら、友だちに貸すとは思わぬがいい――そうではないか、友情が石女《うまずめ》の金を友だちに抱かせて子を産ませたという話があるか？——いいか、敵に貸すのだと思え。敵となれば、違約したとき、大威張りでかたが取れるからな。

シャイロック　ほい、待った！　なにもそういきりたつことはありますまい。こちらは仲よくしよう、かわいがっていただこう、そう言っているんだ。その手でさんざんこの身に塗りたくられた泥《どろ》も恥も忘れて、さしあたり御入用の金高、みごと御用立てて進ぜよう、そのおれの金にはびた一文の利子もとらぬ、その気でいるのに、あんたは、ちっとも耳を貸そうとしない。これは、結構、こちらの好意というものだがな。

アントーニオー　結構、好意というものかもしれないな。

シャイロック　その好意というやつを、ひとつ御覧に入れようではありませんか。これから公証人のところまで御足労いただいて、判さえついてもらえばいい。それに、これはほんの一興、戯《ざ》れごとのつもりで、もし証文記載のこれこれの金額をですな、これこれの日、これこれの場所において返済できぬときには、そのかたとして、きっちり一ポンド、その、あんたの体の肉を頂戴したい。どこでもおれの好きなところを切りとっていいということにしていただきたいもので。

アントーニオー　承知した、間違いない——その証文に判をつこう、そしてユダヤ人も案外、深切だと言いそえよう。

バサーニオー　だめだ、ぼくのために、そんな証文に判をついてはいけない。それくらいなら、ぼくは今のまま窮状に甘んじる。

アントーニオー　何をいう、心配することはない、違約などするものか。この二箇月のうちに、それでもまだ証文の期限が切れるまで一月ある、それまでには、十分、当てがついているのだ、その証文の金高の九層倍《くそうばい》は戻ってくるさ。

シャイロック　やれ、やれ、御先祖のアブラハム様！　これがクリスト教徒というものでござんすか、おたがいに手前たち同士、せちからくやっているものだから、人の腹までその手で勘ぐる……まあ、ひとつ聞かせてもらいましょう――この男が約束の期限を破ったとする、それで私にどんな得がありますかな、かたをおさえたところで？　肉一ポンド、それも人間の肉ときては、大した値うちもあるまい、儲りもしまい、山羊《やぎ》や羊や牛のほうがまだましですぜ。いいかね、つまるところ、このお方の知遇を得たい、ただそればかりにこうして男気をだしているんですよ。もしそれを受けてくださる気がおありなら、それでよし――その気がないなら、さようならだ。とにかく、この友情をお汲《く》みとりいただいて、あまりつれない勘ぐりはやめにしてもらいたいものですな。

アントーニオー　よし、シャイロック、証文に判をつこう。

シャイロック　そうと決れば、一足さきに、すぐにも公証人のところへお出向きいただき、例の酔狂な一箇条、やつによく言いきかせておいてもらいましょう。こちらは早速、金をとってくる。ついでに家の様子ものぞいて来るとしよう、なにしろろくでなしの小僧に留守を頼んであるので、どうにも気がかりでならぬのでな。その足で、すぐあとを追うことに。

アントーニオー　急いでくれよ、ユダヤ殿……（シャイロック、家にはいる）あのヘブライ人、結構、クリスト教に改宗するかもしれない――深切気を出しはじめたからな。

バサーニオー　ぼくは好かないね、巧言令色にして、内に邪心を育《はぐく》むというのは。

アントーニオー　まあ、いい、行こう――今のところ、そう用心するにも及ぶまい。ぼくの船は約束の日より一月も前に帰ってくるのだ。（二人、歩み去る）

〔第二幕　第一場〕

4

ベルモントにおけるポーシャの家の広間

モロッコ王がはいって来る。ムーア人。顔は褐色《かっしょく》。白い衣裳《いしょう》。三、四人の従者が随《したが》う。ポーシャとネリサ、その他の侍者。

モロッコ王　この顔の色のために、私をお嫌《きら》いにならぬよう。これはいわば照りつける日輪の影を宿した仕着せの紋章、その日輪とは生れてこのかた隣りづきあいをしてまいった私です。が、どんな色白の美男でもお呼びなさるがよい、たとえそれが日の神の焰《ほのお》にも溶けぬ氷柱に閉じこめられた北国生れの美男であろうと、あなたの愛をかちえるためとあらば、たがいに肌《はだ》を傷つけあい、血を流してお目にかけましょう、どちらの血が紅《あか》いか、その男の血と私の血と、それを知っていただくためにも。申しあげるまでもありますまい、お嬢様、この顔にはいかな勇者も恐れをなしたものです。それに、私の愛情にかけて申しあげるが、嘘《うそ》いつわりはない、国では、どんな美しい娘もこの顔を愛《め》でたたえております……その顔の色を変えたいとは思いませぬ、ただそうせねば、あなたのお心をかちえられぬとあらば、いたしかたございませぬが。

ポーシャ　自分の夫を選ぶのに、ただ浅はかな娘心に浮かされて、見た目の好悪《こうお》で品定めをしようとは思いませぬ。それに、私の運命は籤《くじ》で左右されるのでございます、勝手な選り好《え》みは許されませぬ。でも、もし父の遺志がこうまで私を縛っておりませんでしたら、いまも申しあげましたような方法で私を選びとられた方の妻になれという父の遺志さえございませんでしたら、王様、あなたこそは、今までお訪ねくださいましたどなたよりも、私の心をお受けくださるにふさわしいお方とお見受けいたします。

モロッコ王　そのお言葉だけでも、満足に思います。どうか小箱のところへお連れいただきたい、すぐにも運がためしたい……この偃月刀《えんげつとう》にかけて——ごらんなさい、これでペルシャ王を斬《き》ったのだ、トルコ王ソリマンを三度も撃破した英雄を——その刀にかけて誓いましょう。どんなものすごい目であろうと、びくともせず睨《にら》みかえして見せる。どれほど猛《たけ》き強者《つわもの》にも挑《いど》んでみせよう。お望みとあらば、乳房を含む子熊《こぐま》をその母親の胸から奪ってごらんにいれましょう。いや、餌食《えじき》を求めて吠《ほ》えたけるライオンを嬲《なぶ》りあしらってみせましょう。お嬢様、あなたをかちえるためとあらば……だが、それが！　そうではありませぬか、もし英雄ハーキュリーズとその下僕のライカスとが、骰子《さいころ》でどちらが強いか決めるとなれば、大きな目は、運次第、案外、弱いライカスに出ないとも限りませぬ。そうなれば、英雄も小童《こわっぱ》に敗《ま》けることになりましょう。それと同じこと、今の私は盲目の運命に手を引かれている、このままでは、ほしい大事なものも手に入らず、それを自分よりつまらぬ男にまんまと奪われ、悲歎《ひたん》のうちに死んでゆくかもしれませぬ。

ポーシャ　まず、お心をお決めいただかねば——箱選びなど、いっそおやめになるか、それとも、たっての仰せなら、お選びになるまえに、万一、間違った箱をお取りになったときは、将来、どんな女にも結婚をお申しこみにならぬと、お誓いくださいますか。よくよくお考えくださいますように。

モロッコ王　言うまでもない。きっと誓いましょう。さあ、運だめしをさせてください、すぐにも。

ポーシャ　そのまえに教会へ。昼のお食事がすみましたら、御運をためしていただきましょう。

モロッコ王　あとは好運を祈るばかりだ！　こよなきしあわせ者になるか、世にもみじめな者になるか、それで万事が決る。（一同、退場）

5

〔第二幕　第二場〕

ヴェニスの町なか、シャイロックの家の前

ランスロット・ゴボーが頭を掻《か》き掻き出て来る。

ランスロット　間違いなし、良心はおれの身方だ、この旦つくのユダヤ人の家から逃げだしたところで、なにも文句は言うまい……なにしろ鬼のやつめが、おれの袖《そで》を引っぱって、こう誘いをかけやがる、「ゴボー、ランスロット・ゴボー、おい、ランスロットの旦那」ってな。「ゴボーの旦那」ってな。「ランスロット・ゴボーの旦那、その脚を使ったらどうだ、飛び出せ、逃げ出せ」そう話しかけてきたものだ。かたや、おれの良心はこうおっしゃる、「よせ、用心したがいいぞ、律義者《りちぎもの》のランスロット、用心したがいいぞ、律義者のゴボー」とな。いや、もう一度、きちんと言えばだ、「律義者のランスロット・ゴボー、逃げだすでないぞ、姿をくらますなど、とんだ不心得と心得ろ」そう言う……するとだ、例のこわいものなしのいたずら鬼めが、さっさと行っちまえとけしかけやがる。「そうれ！」と、そいつがぬかしやがる。「出て行け！」そう、鬼めがぬかしやがる、「神様のためだ、ここを先途《せんど》と勇猛心を奮い起せ」そう、鬼めがぬかしやがる、「さっさと逃げろ」とな……するとだ、おれの良心が、心臓の出口のところでうろうろしながら、さかしらにこうぬかす、「なあ、律義者のランスロット、親父《おやじ》の血をひくお前のことだ」――いやだね、おふくろの血をひくと言ってもらいたいよ――正直な話、親父は臭かったね、ちっとばかり焦《こ》げついていたっけ。まあ、言ってみれば、ぷんとにおうものがあったよ。で、とにかく、おれの良心がこう言う、「ランスロット、腰を落ちつけろ」と。「腰をあげろ」と、今度は鬼めだ。「落ちつけるんだ」と、また良心が言う。「良心どの」と、そこでおれは言った、「よく言ってくれた、もっともだ」とね。「おい、鬼め」と、続けておれは言った、「よく言ってくれた、もっともだ」とな。そうじゃないか。もし良心の命にしたがえば、おれはもとどおりユダヤ人に仕えていなければならない。だが、その仕える相手が問題だ、神様、そいつが、おっと、お許しくださいまし、言ってみれば、悪魔のごときものときている。だがな、そのユダヤ人の手から逃げだすとすればだ、それこそ鬼めの言いなりになったということで、こいつがまた、おっと、お許しくださいまし、紛《まご》うかたなき悪魔ときている……なにしろ、あのユダヤ人、悪魔が人間に化けたみたいな野郎だ——してみると、おれの良心というやつ、良心にかけて言ってもいいが、まったくの話、ずいぶん頑固《がんこ》な良心だな、今のままユダヤ人の旦那に仕えていろだなんて……それに引きかえ、鬼めのほうがよっぽど思いやりがあるというものだ……やっぱり逃げだすことにしよう、なあ、鬼どの、委《まか》すぜ、足はお前さんの言いなりだ、さあ、逃げだし、逃げだし。

そう言って駈《か》けだしたとたん、反対の方角から籠《かご》をもって出てきた父親のゴボーにぶつかる。

ゴボー　（息を切らせて）ほい、お若いお方、ちょっと、その、おたずね申しますが、あのユダヤ人の旦那の家へ行くには、どうまいったらよろしいので？

ランスロット　（傍白）これは驚いた、このおれを生んでくれたる親父じゃないか。かすみ目というのは聞いたことがあるが、霞《かすみ》どころか煙にまかれて、おれが分らないとみえる。ひとつ、きりきり舞いをさせてやるとしようか。

ゴボー　お手数だが、お若いお方、ちょいとおたずね申します、ユダヤ人の旦那の家は、どうまいりましたらよろしいので？

ランスロット　（耳もとで大声に）いいかい、右に曲るんだ、この次の角《かど》をね。そしたら、すぐまた次の角を左に折れる。そう、で、その次の角に来たら、どっちにも曲らずに折れて、突き当りを通りぬければ、そこがユダヤ人の旦那の家だ。

ゴボー　やれ、やれ、大層、解《わか》りにくそうな道で。ところで、ごぞんじでいらっしゃいますかな、そのお家にランスロットという男が御厄介《ごやっかい》になっているはずだが、まだ辛抱しておりますか、どうか？

ランスロット　その話は、若旦那のランスロット様のことかね？――（傍白）さあ、ここだ、一雨ふらせてやるぞ……その話は、若旦那のランスロット様のことかね？

ゴボー　とんでもない、「若旦那様」なんてものではございません、貧乏人の小倅《こせがれ》のことでして。その父親というのが、自分でそう申すのもなんですが、律義者の御大層な貧乏人で、それに、おかげさまと、年のわりにはまだ矍鑠《かくしゃく》たるものでございます。
ランスロット　まあ、親父さんのことなど、どうでもいい、話はランスロット様のことだったな。
ゴボー　その、お友達の、ただのランスロットのことで。
ランスロット　ちょっと待った、かるがゆえにだ、爺《じい》さん、かるがゆえにだ、ひとつ若旦那のランスロット様と言ってもらおう。
ゴボー　その、ただのランスロットのほうで、はい、お気に障らなければ。
ランスロット　かるがゆえにだ――ランスロット様！　もうやめにしてくれ、ランスロット様の話は。なぜって、父さん、その若旦那はな――天の命か、運の窮《きわま》りしか、とかなんとかで、三人の女神につけねらわれ、しかじか云々《うんぬん》、物の本にあるとおりだ――まったく本当に死んじまった、つまり、平たくいえば、幽明、境を異にしてしまったのさ。
ゴボー　滅相もない、ひどいことを言う！　あれだけを老後の杖《つえ》とも柱とも頼んできたわたしだ。
ランスロット　（傍白）このおれにつかえ棒らしいところがあるのかな、杖や柱の頼もしさが？　おい、父さん、おれが解るかね？

ゴボー　情ないが、解りません、お若いお方。が、何はともあれ、どうぞ教えてくださいまし、あの子は――ああ、神様！――まだ達者でおりましょうか、それとも？

ランスロット　本当におれが解らないのかい、父さん？

ゴボー　情ないことだが、わたしはかすみ目で、はっきり見わけがつきません。

ランスロット　いいや、よく見えたところで、お前さんにはおれが解らないだろうな。親馬鹿《おやばか》ちゃんりん、わが子を知らずと言うからな……（膝《ひざ》をついて）ところで、爺さん、息子の話を聞かせてやろう。その前に、まず、おれのしあわせを祈ってもらいたいね。隠すより顕《あらわ》れる、悪事は千里、人の子は、いや、それもやっぱり、しまいにはばれずにはすむまい。

ゴボー　どうか、旦那《だんな》、お立ちになってくださいまし。そんなことはない、旦那が伜のランスロットだなんて。

ランスロット　どうか、もうやめにしてくれないか、悪ふざけはよ。それより、早くおれのしあわせを祈っておくれ。ランスロットだよ、お前さんの、かつての子供、いまは伜、やがては幼児たるべきランスロットだよ、おれは。

ゴボー　そんな馬鹿なことがあるものか、お前さんがおれの伜だなんて。

ランスロット　馬鹿なことかどうか知らないが、とにかくおれはランスロットだよ、あのユダヤ人の召使の。それに、間違いなし、お前さんの女房のマージャリーはおれのおふくろさ。

ゴボー　女房の名前はマージャリーだ、本当だ。これはたしかに、そうよ、ランスロットなら、たしかにお前は血肉を分けたおれの伜にちがいない……（そういって、ランスロットの顔をさぐろうとするが、ランスロットは頭をさげ、うなじをさしむける）これは驚いた！　凄《すご》いひげだ！　家のやくざ馬の尻尾《しっぽ》より、お前の頤《あご》のほうがよっぽどもじゃもじゃだぞ。

ランスロット　ということになると、そのやくざ馬、尻尾がだんだん短くなるのかな。このまえ見たときは、おれの顔より、あいつの尻尾のほうが、たしかに房々していたぜ。

ゴボー　とんだことになったな、すっかり変ってしまったじゃないか！　で、旦那とうまくいっているのかい？　土産物を持ってきたのだが……どうだね、折り合いは？

ランスロット　いいさ、いいさ――だが、おれの身になってみると、一旦、逃げだそうと腹を決めたからには、たとえ二足三足でも逃げだしてみないことには、腹がおさまらないね……おれの旦那ときたひには、腹の底までユダヤ人だからな――それに土産物だなんて！　首くる縄《なわ》でもやったほうが気がきいている――見てくれ、やつのおかげで干《ひ》ぼしになってしまった……触ってみな、指が一本一本、肋骨《ろっこつ》で数えられるくらいだ……父さん、よく来てくれたな。その土産はバサーニオーの旦那にやってくれないか。あの旦那はな、いつもとびきり上等のお仕着せを新調してくれるんだ。あそこへ奉公するためなら、世界中、走りまわってもいい……やあ、なんて運がいいんだ！　おいでなさったぞ、その旦那が――さあ、父さん、挨拶《あいさつ》をしてくれ。これ以上、あんなユダヤ人に奉公していると、こっちがユダヤ人になってしまうからな。

バサーニオーがレオナードーたちと話しながら出てくる。

バサーニオー　（召使に）そうしてもいい。しかし、急いでくれ、夕食は遅くとも五時までにな……それからこの手紙をそれぞれ名宛《なあて》どおりに、みんなの仕着せも造らせておけよ、グラシャーノーには、すぐにも家へ来てくれるように伝えてくれ。（召使去る）

ランスロット　（父親を押しだし）さ、挨拶をしてくれよ、父さん。

ゴボー　（お辞儀をして）旦那様、御機嫌《ごきげん》よろしゅうございます！

バサーニオー　いや、ありがとう、なにか御用かな？

ゴボー　こちらに控えておりますのは、伜でございますが、まことにかわいそうな野郎でして――

ランスロット　（進み出て）いえ、かわいそうな野郎じゃない、御大層な金持の下郎なんで、そのお願いと申しますのは、旦那様、いずれ親父から逐一申しあげますごとく――（父親のうしろへ退《さが》る）

ゴボー　伜め、じつは旦那様に心より絶望いたしおりますことは、つまり、その、ぜひとも御奉公というやつを――

ランスロット　（前に出て）はい、そのとおりでして、手っとり早く申しますと、今の主人はあのユダヤ人めで、望むらくは、いずれ親父《おやじ》より逐一申しあげますごとく――（あとへ退る）

ゴボー　その旦那とこれとは、旦那様の前で、なんでございますが、うまが合うとは申しかねる間柄《あいだがら》でして――

ランスロット　（さらに進み出て）簡単に申しますと、真相はこうなんで、ユダヤ人め、随分ひどい扱いをしやがるんで、こっちはもう、どうにも、その、あとは年寄りの口から十分に聞召《きこしめ》しあがっていただきますが――（あとへ退る）

ゴボー　ここに持参いたしました山鳩《やまばと》の肉、なにとぞお納めいただきたく、で、お願いと申しますのは――

ランスロット　（前に出て）詰るところ、そのお願いの筋なるものは、畏《おそ》れ多くもこの私に関することでございまして、いずれここに控えおります年寄りの口から御承知いただくことにいたしまして、この律義者、子の口からそう申すのもなんですが、年こそとっておりますものの、憚《はばか》りながら貧乏人で、はい。

バサーニオー　一人で喋《しゃべ》ってくれ。どうしてもらいたいと言うのだ？

ランスロット　御奉公をさせていただきたいので、はい。

ゴボー　それ、それ、そのことなので、さきほどよりお願いにおよびおります話の欠点は。

バサーニオー　お前のことは前から知っていた。願いはかなえてやる。じつは、きょう、お前の主人のシャイロックと会ったのだが、あの男、ばかにお前を推賞していた。もっとも金持のユダヤ人の家を去り、こんな三文《さんもん》紳士のところへ来るように仕向けるのが推賞と言えればな。

ランスロット　昔からよく申しますが、いわばあの諺《ことわざ》をシャイロックとあなた様とで分け担《にな》っておいでになる――あなた様の分は前の「神に恵まるるは」で、後の「富めるなり」があの男の取り分というわけで。

バサーニオー　うまいことを言う。さあ親父さんも一緒に行ってやるがいい。暇をとったら、おれの宿を訪ねて来い。（周囲のものに）これに仕着せを用意してやれ、仲間よりは綺麗《きれい》なやつをな。いいか、頼んだぞ。（少し離れてレオナードーと話しはじめる）

ランスロット　さあ、父さん、はいっておくれ。どうして、おれの柄じゃないよ、奉公口を見つけるなんてことは、そんなことはとても出来ませんや！　おれの舌ときたら、てんで言うことをきいてくれないんだからな！　おっと……（掌《てのひら》を眺《なが》めて）このお手々、こいつを聖書にのせて誓ってもいい、イタリー中をさがしてみろって言うんだ、これ以上、運のいい手相があったら……それ、見ろ、こいつが、自慢にもならない、長生き筋というやつだ。それから、こっちが、くそおもしろくもない、女運ありときた――ちぇっ、女房がたったの十五人とは情ない、後家さん十一人の、娘が九人、自慢にもならない、男一匹、それっぽっちの収入で終っちまっちゃ――お次が水難で三度たすかるとあり、おまけに羽蒲団《はねぶとん》の裾《すそ》で危く命を落しそこなうこともありと出ていやがる。どいつもこいつも、自慢にもならない災難だ……ふん、運命の神様は女だというが、それにしても、なかなか情の深いおなごらしいぜ、こういうことにかけては……父さん、さあ、来た。おれはあのユダヤ人めから、ちゃちゃっと目《ま》たたき一つする間に、みごと暇とってみせるからな。（ゴボーと連れだって、シャイロックの家に入

る）
バサーニオー　いいか、レオナードー、くれぐれも頼んだぞ。ここに書いてある品物、買い集めたら、かたはしから船に積みこんで、大至急もどってきてもらいたい。今夜は大盤ふるまい、そのお客は大事な人たちばかりだからな。さ、急いで。
レオナードー　はい、かならず、お言いつけどおりにいたしましょう。

レオナードー、去りかけたところで、グラシャーノーがやってくるのに出合う。

グラシャーノー　旦那様はどこにいる？
レオナードー　あちらにおいでで。（言いすてて去る）
グラシャーノー　バサーニオー！
バサーニオー　グラシャーノー！
グラシャーノー　じつはきみに頼みがあるのだ。
バサーニオー　よし、きいてやるぞ。
グラシャーノー　ぼくを止めないでくれ――どうしても一緒にベルモントへ行くのだ。
バサーニオー　そうか、それなら来るがいい。だが、グラシャーノー、言っておくがね、きみは少々無茶だよ、無作法だよ、開け放しすぎるのだ、話が――それはいかにもきみらしい、万事をのみこんでいるぼくたちの目には、欠点ともなんとも見えないのさ。しかし、きみを知らない人たちのなかに出るとなると、つまりそういうところでは、きみの流儀も多少無軌道なものに見えてくるのだ。いいかね、なんとか努めてくれないか、控えめという冷水をほんの数滴でいい、打水して、その煮えたぎる浮いた気分をおさえてもらいたいのだ。さもないと、きみの無作法な遣《や》り口のおかげで、このぼくまで誤解されかねないからね、行く先々で。そうなれば、万事休すだよ、ぼくの夢も望みも。

グラシャーノー　バサーニオー、まあ、聞いてくれ――もしぼくにそれが出来ないようなら、いや、やって見せるとも、まじめな装いを身につけ、恭《うやうや》しく語り、口汚い罵《ば》詈《り》雑言《ぞうごん》はなるべく控える、祈禱書《きとうしょ》を始終ふところに、しかつめらしく納まりかえっていてやる。いや、それどころか、食事のお祈りが始ったら、それ、こんなふうに帽子で面《つら》を隠し、溜息《ためいき》を洩《も》らして「アーメン」と言う。ありとあらゆる礼法を縦横無尽に駆使し、しおらしい物腰にかけては海千山千、おばあ様の御機嫌とりなど朝飯前というところまでいって見せよう。それが出来ないようなら、ぼくという男を、今後、一切信用しないがいい。

バサーニオー　そうか、とにかく様子を見ることにしよう。

グラシャーノー　いや、待った、ただし今夜は例外、鼎《かなえ》の軽重《けいちょう》を問うに、今宵《こよい》のぼくをもってしてはいけないよ。

バサーニオー　もちろん、そうまでしては酷だ。むしろ今夜は取っておきの陽気な衣裳《い しょう》を身につけてもらいたいね。愉快に騒ぐのが目的の集りなのだから……ま、それまではお別れだ、一寸《ちょっと》用事があるのでね。

グラシャーノー　ぼくもロレンゾーに会っておかなければ、それに、あの仲間の連中にもね。どのみち、夕食時にはお訪ねするよ。（それぞれ去る）

〔第二幕　第三場〕

6

前場に同じ
戸が開き、ジェシカとランスロットが出て来る。

ジェシカ　どうしてもここを出て行く気なのね、そうして——この家は地獄よ、でも、お前という陽気な小鬼がいて、いくらか憂《う》さも晴してくれたのに。でも、いよいよお別れね。これ、少しだけれど、取っておいて。それから、あとで夕食のとき、お前、ロレンゾー様に会うはずだけれど、あの人、お前の今度の御主人に招《よ》ばれておいでなのよ――そしたら、この手紙をお渡しして、誰にも知られないようにね。じゃ、さようなら。お前と話しているところをお父様に見られたくないの。

ランスロット 御機嫌よう！ 乾くも涙、拭《ふ》くも涙。異教徒にこんなかわいい子がいようか、ユダヤ人の娘にこれほどやさしい子が！ クリスト教徒がいたずらをやらかして、こしらえた子でもなければ、どうしてこんな……とにかく、御機嫌よろしゅう、この阿呆水《あほうみず》がどうやら男の土性骨《どしょうぼね》を押し流してしまいやがった。はい、御機嫌よろしゅう！ （去る）

ジェシカ さようなら、ランスロット……どこまで罪のふかい女なんだろう、自分の父親を恥じるなんて！ けれど、同じ血を引く娘でも、心は別……ああ、ロレンゾー、もし約束を守ってくださるなら、こんな辛《つら》い境涯《きょうがい》から脱《ぬ》け出して、きっとクリスト教徒になって見せましょう、あなたのいい奥さんに。（家へ入る）

〔第二幕 第四場〕

7

ヴェニスの町なか、他の場所

グラシャーノー、ロレンゾー、サレアリオー、ソレイニオー、話に夢中になりながら出て来る。

ロレンゾー　うん、こうしよう、夕食のときにそっとずらかる、それから、ぼくのところで仮装をすませて、また戻ってくる。一時間あればいい。

グラシャーノー　その準備がまだ出来ていないのだよ。

サレアリオー　炬火《たいまつ》持ちも決めてないのだ。

ソレイニオー　意味がないぜ、よほどうまく運ばないと。下手なことをするよりは、まあ、やめにしたほうが気がきいているね。

ロレンゾー　まだ四時だ――あと二時間もある、準備はできるよ……

ランスロットが出て来る。

ロレンゾー　やあ、ランスロットじゃないか、なにかあったのか？

ランスロット　（懐中から手紙を取りだし）どうぞこの封をお切りになってくださいまし、それで委細明白となりましょう。

ロレンゾー　この手紙の主、手蹟《しゅせき》を見れば解《わか》る。本当にきれいな手蹟だ。書かれたこの紙よりも白い、書いたその手の美しさ。

グラシャーノー　恋の便りだ、まちがいなし。

ランスロット　旦那《だんな》様、これで失礼を。

ロレンゾー　これからどこへ行くのだ？

ランスロット　じつは、旦那様、前の主人の、あのユダヤ人のところへ参りまして、今度の主人のクリスト教徒様の家へ、今夜、夕食にお越しくださいましと申し伝えに出かけるところで。

ロレンゾー　待て、これを取っておいてくれ。（金をやる）ジェシカに伝えるのだぞ、うまくやる、心配はいらぬとな——他の者に聞かれぬように言え。（ランスロット、去る）さあ、みんな、すぐ準備にかかろうではないか、今夜の仮装舞踏会の！　炬火持ちは、ぼくの方に当てがある。

サレアリオー　うん、よし、ぼくもすぐ行動開始とゆこう。

ソレイニオー　ぼくもだ。

ロレンゾー　あとでまた寄ってくれ、一時間もしたらな、グラシャーノーのところで待っているから。

サレアリオー　よし、そうする。（ソレイニオーと一緒に去る）

グラシャーノー　あの手紙、ジェシカからだろう？
ロレンゾー　きみにはなにもかも話しておかなければ。じつは、ジェシカから、今夜の手筈《てはず》を言ってよこしたのだ、どういう段どりで親父の家から連れだすか、あれの自由になる金や宝石はどのくらいあるか、仮装にはどういう小姓の着物を着て出るか、そういうことなのだ。あの親父のユダヤ人め、万一、天国へ行けるとすれば、それこそあのやさしい娘のおかげというものさ。あれの歩むところ、まず禍《わざわ》いの影はさすまい、もっとも言いがかりをつけられれば別だ――お前は不信心者のユダヤ人の娘だからとな……さあ、一緒に行こう。道々これに目を通しておいてくれ。じつは、そのジェシカを炬火持ちにしようという腹なのさ。（二人、歩み去る）

〔第二幕　第五場〕

8

ヴェニスの町なか、シャイロック家の前
シャイロックとランスロットが出て来る。

シャイロック　いいか、やがて解ろう、その目が裁判官だ、このシャイロックとバサーニオーと、どう違うか……（家の中へ）これ、ジェシカ！――これからは大食いも出来なくなるぞ、ここにいたときのようにはな……おい、ジェシカ！――大いびきをかいて眠りこけることも出来ぬ、着物を鍵《かぎ》ざきだらけにするわけにもゆかぬ……どうした、ジェシカ、聞えないのか！

ランスロット　（大声で呼ぶ）どうした、ジェシカ！

シャイロック　誰が呼べと言った？　頼んだ憶《おぼ》えはないぞ。

ランスロット　でも、旦那様はよく口癖のようにおっしゃっておいででした、きさまというやつは、こっちから頼まなければ、何もしない男だと。

ジェシカが戸口へ現れる。

ジェシカ　お呼びになって？　なにか御用？

シャイロック　夕食に招ばれたのでな、ジェシカ。さあ、これが鍵だ……だが、なんで行かねばならぬのだ？　招んではくれても、好意があってのことではない――みんな、おれの機嫌《きげん》を買うのが目的だ。おれはそれを承知で出かけて行く、憎ければこそだ、そうよ、食いつぶしてやるのさ、道楽三昧《ざんまい》のクリスト教徒というやつを……ジェシカ、留守をしっかり頼んだぞ。が、なんとしても気がのらない――なにか良くない

な。企《たくら》みが蔭《かげ》でくすぶっているようで、どうも落ちつかない。ゆうべ金袋の夢を見たので

ランスロット　お願いでございます、ぜひお出ましを。主人には旦那様の御排斥をば、切にお待ち申しあげております。

シャイロック　排斥されるのは覚悟の上だ。

ランスロット　それに、みなさんの御計画によりますと――いえ、なにも旦那様にその仮装舞踏会を見てくれと、申しあげるつもりはございませんが、もしごらんになるということになると、あれもまんざらでたらめとは言えない、その前兆だったんですよ、それ、あの私の鼻血騒ぎ、時はあたかも去年の復活祭あけの、世に言う不吉の月曜日、しかも時刻は朝の六時ころ、ちょうどその月曜がその年は四年前の聖灰水曜日に当っていて、時刻はその日の昼さがりときた。

シャイロック　なに、仮装舞踏会だと？　いいか、ジェシカ――戸にしっかり錠をおろしておくのだぞ。太鼓の音がしようと、首のねじ曲った笛吹きどもの厭《いや》らしいきい声が聞えてこようと、決して釣《つ》りこまれて窓に這《は》いあがるなよ。往来に首を突きだして、クリスト教の阿呆どもの塗りたくった馬鹿面《ばかづら》を、ぽかんと眺めているのでないぞ。まず、わが家の耳をぴたりと閉じるのだ、そうよ、窓のことよ、あんな浮っ調

子の乱痴気騒ぎに、この神聖な邸《やしき》の空気をゆめ乱させてはならぬ……だが、ヤコブの杖《つえ》に賭《か》けて、今夜の宴会、どうも気乗りせぬのだが。ま、とにかく行って来よう……お前は一足さきに行ってくれ、さ、さ――すぐ伺うとな。

ランスロット　では、お先に……（去りがけに、戸口のそばを通り、そっと囁《ささや》く）お嬢さん、窓から御見物なさいまし、構うことはない――

　そこを通るは　耶蘇《ヤソ》アーメン

　ユダヤ娘の　頰《ほお》そめん

（鼻歌で退場）

シャイロック　おい、なんといった、あの生れぞこないの阿呆め？

ジェシカ　ただ「さようなら、お嬢様」――それだけだったわ。

シャイロック　あの道化、人はいいのだが、いかにも大食《おおぐら》いだ、蝸牛《かたつむり》よりも利にうとい、おまけに昼日中ねむりこけていやがって、山猫《やまねこ》も顔負けするくらいだ。怠け蜂《ばち》を飼っておく余裕はない。だから、暇をくれたのさ。あの男にくれてやったのさ、おれから借りた財布の金を精々すりへらす手伝いのためにな……さ、ジェシカ、おはいり。すぐ帰って来るつもりだ。言いつけどおりにするのだぞ、戸をぴしゃっと閉める。締り屋の溜《たま》り屋、古い諺《ことわざ》だが、決して腐らない、金を大事にする人間にはな。（去る）

ジェシカ　行っていらっしゃい――これで邪魔さえはいらなければ、あたしは父を、そしてお父様は娘をなくすのだわ。（家に入る）

〔第二幕　第六場〕

9

前場に同じ
グラシャーノーとサレアリオーが仮装して出て来る。

グラシャーノー　これが例の、さしかけのある家というやつだな、ロレンゾーが待っていろと言った。
サレアリオー　どうやら約束の時間は過ぎてしまったぞ。
グラシャーノー　めずらしいな、あれが時間に遅れるというのは。時計の先廻《さきまわ》りするのが恋人の常だというのに。
サレアリオー　そういうものさ、恋の女神ヴィーナスの車を駆る鳩《はと》の翼も、新しい恋の絆《きずな》を固めるためなら、ちぎれんばかりに羽ばたこうが、その十分の一の熱も見られまい、すでに交された愛の誓いの永続を見守るようにと言われても！

グラシャーノー なんでもそうさ。御馳走《ごちそう》が終って席を立つとき、誰があの旺盛《おうせい》な食欲をもっているかね、最初に席についたときの？ 馬だってそうだ、同じ道を戻るのに、相も変らぬ七面倒な足取りを踏まされてみろ、往《い》きと同じ弾みを持続できる馬がどこにいる？ 世にあること、万事がそのとおり、張りあいがあるのは、追いかけるときのことさ、それに較《くら》べれば、あとの楽しみなど小さなものだよ。それ、例の放蕩《ほうとう》息子そっくりではないか、着飾って故郷の港を出て行く船を見ろ、売女《ばいた》の風にまつわりつかれ、ちやほやされて！ その帰りがまた放蕩息子そのままときている、船体はあらしでもみくちゃ、帆はぼろぼろ、売女の風にねだられ、剝《は》がれて、すってんてんの丸裸だ！

ロレンゾーが急いでやって来る。

サレアリオー 来たぞ、ロレンゾーが——話はあとだ。

ロレンゾー やあ、待たせてすまなかった。ぼくではない、例の一件なのだ、きみたちを待たせたのは。いや、いつかきみたちが女房を盗みだそうというときには、今度はぼくの番、今日くらいは待ってやるよ……さ、来てくれ。ここなのだ、親父のユダヤ人の家というのは……おおい、誰かいるか？

戸口の上にある窓が開き、ジェシカがのぞく。少年の仮装をしている。

ジェシカ　誰？　名前を言って。安心したいの。声を聞けば解るのだけれど。
ロレンゾー　ロレンゾーだ、きみの愛する。
ジェシカ　ロレンゾーだわ、たしかに、あたしの愛する人よ、本当に。だって、そうでしょう、誰でもいいわ、ほかにあるかしら、こんなにも好きになれる人が？　そればかりじゃない。誰でもいいわ、知っていて？　いいえ、ロレンゾー、あなただけね、知っているのは、あたしがあなたのものだということを。
ロレンゾー　天ときみの心、それが証人だ、そのとおりだよ。
ジェシカ　さ、この箱を受けとって。苦しんだだけのものはあってよ……（箱を投げおろす）夜でよかったわ、あなたに見られずにすむもの。恥ずかしいわ、こんな姿をして。でも、恋はめくら、恋するものには見えないのね、自分たちのやっている結構ばかげたことが。そうでしょう、もし見えれば、キューピッドだって顔を紅《あか》くするかもしれない、こんな男の子みたいな恰好《かっこう》をしたあたしを見たら。
ロレンゾー　さ、降りてくるのだ、ぼくの炬火《たいまつ》もちになってもらうのだから。
ジェシカ　え、明るみに出せと言うの、この恥ずかしい姿を？　このままでも、随分出すぎた女だと思っているのに。なんということでしょう、炬火もちの役目は、見つけることだし、あたしは隠れなければならないのだし。

ロレンゾー　そう、隠れているさ、きみは、その男の子のかわいい着物のなかに。ま、そんなことはどうでもいい。早くしないと、この人目をくらます夜というやつ、みごとに逃げを打ちかねない。それに、ぼくたちを待っているのだ、バサーニオーの宴会が。

ジェシカ　いま戸締りをして来ます。それから、もう少しお金を用意しておかなくては。すぐ行きます。（窓を閉める）

グラシャーノー　なるほど、このおれの被《かぶ》りものにかけて言う、やさしい娘だ、断じてユダヤ人ではない。

ロレンゾー　誰がなんと言おうと、ぼくは心からあれが好きなのだ。第一、あれは賢い、もしぼくの判断力を信じてもらえるならね。そのうえ美しい、もしぼくの眼《め》に狂いがなければね。さらに実意があるときている、これはすでに証明ずみだ。つまり、あの女は賢く美しく実意のある女にふさわしく、この胸のうちに、変ることなく、とことわに鎮座ましますであろう……

ジェシカが家から出て来る。

ロレンゾー　や、ジェシカだね？　さあ、みんな、出かけよう――仮装の仲間たち、もうお待ちかねだろう。（ロレンゾーと一緒に、ジェシカ、サレアリオー、退場）

入れちがいにアントーニオーがはいってくる。

アントーニオー　誰だ、そこにいるのは？

グラシャーノー　アントーニオーか？

アントーニオー　しようがないな、グラシャーノー！　ほかの連中はどこにいる？　もう九時だ――みんなきみを待っているぞ。今夜の仮装は中止になった、風の向きが変ったのだ、バサーニオーはすぐ船出する、さっきから何人も使いをだしているのだ。

グラシャーノー　そいつはありがたい。これほどうれしいことはないよ、今夜のうちに出帆できるなんて。（二人、去る）

10

〔第二幕　第七場〕

ベルモントにおけるポーシャの家の広間
ポーシャ、つづいてモロッコ王、侍者、従者。

ポーシャ　さ、カーテンをお開け。小箱を王様にお見せするように。

侍者がカーテンを開けると、テーブルとその上の三つの箱が見える。

ポーシャ　さあ、どうぞお選びくださいまし。（モロッコ王小箱を見詰める）

モロッコ王　最初は金の箱、銘が刻んであるな、「我を選ぶ者は、衆人の欲し求むるものを得《う》べし」……次が銀か、これが約束だ、「我を選ぶ者は、己れにふさわしきものを手に入《い》るべし」……三番目は、鈍い鉛でできている、その警告めいた言葉も、ぶっきらぼうときている、「我を選ぶ者は、己れの持物すべてを手放し投げうたざるべからず」……しかし、正しい箱を選びあてたとしても、どうしてそれが解《わか》ります？

ポーシャ　それには私の絵姿がはいっております。もしそれをお選びくだされば、絵姿ともども私もあなたのものになりましょう。

モロッコ王　いずれの神か、わが判断力をお導きくださるよう！　それにしても、箱の銘をもう一度読ませていただきたい。なんとあったかな、鉛の箱には？「我を選ぶものは、己れの持物すべてを手放し投げうたざるべからず」手放さねばならぬ——なんのために？　鉛のためにか？　鉛のためにすべてを投げうつ？　脅し文句だな。誰にせよ、すべてを投げうつ以上、つまりはそれだけの利を見こしてのこと。黄金の心が鉄屑《てつくず》めあてに腰をかがめるはずがない。とすれば、このおれが鉛ほしさに、なにひとつ手放したり投げうったりできるものか……銀の箱は、その純潔な色にどんな言葉を湛《たた》えている？「我を選ぶ者は、己れにふさわしきものを手に入《い》るべし」己れにふさわしきもの！　待て、モロッコ王、己れに捉《とら》われず、自分の値うちを秤《はか》ってみるがよい。世上の評判から割りだせば、立派なものだ、お前にふさわぬものなどありはしない——が、それだからといって、まさかこの女性《にょしょう》を手に入れるほどにも立派だとは言えまい。が、それより、こうして自分にふさわしきものを気づかうことこそ、かえってわれとわが身を蔑《さげす》む弱気の証拠ではないか……自分にふさわしきもの！　決っている、それこそこの女性だ。おれの生れが、この女性にふさわしいのだ。豊かな財力、天与の美徳、それに育ちの良さも。いや、なによりも、このおれの愛こそ、この女性にふさわしい。もう迷うことはない、これを選んだら？　それにしても、もう一度この金の箱の言葉を。「我を選ぶ者は、衆人の欲し求むるものを得べし」……決っている、それこそこの女性だ――全世界が欲し求めている、ではないか。地球の四隅《すみ》から、みんなやってくる、この聖なる社に、生ける聖者に、口づけしようとして。ハーカニヤの沙漠《さばく》も、果てしれぬアラビアの荒野も、今では都大路《みやこおおじ》同然、貴人の往き来に絶え間もない、美しいポーシャの姿を一目、見んものと。大海原とて同じこと、傲《おご》り昂《たか》ぶる波頭《なみがしら》に天の面をなめん勢もどこへやら、はるばるやってくる亡者《もうじゃ》どもを堰《せ》きとめかねるていたらく。みんなやってくる、大海も小川同然、ほんの一跨《また》ぎ、美しいポーシャに一目あいたいものと……この三つの小箱の、どれか一つに、あの神々《こうごう》しい絵姿がはいっているのだ。まさか、あの鉛にそれが？　いや、罰があたろう、そんなけちくさいことを考えただけでも――たとえ棺《ひつぎ》にしても、鉛とはひどすぎる、帷子《かたびら》をまとうたあの女を、そんなものに納めて暗い墓のなかにおろせるものか。それなら、銀のなかに秘められているのだろうか、純金の十分の一の値うちもない銀のなかに？　なんという忌《い》まわしい考えだ！　そんな例《ためし》はありえない、これほど立派な宝石が金以外の台にはめこまれるなどと……イングランドには天使の姿を刻んだ金貨がある。が、それも表に浮き彫にしてあるだけだ。その天使が、いまこのなかに、金の寝台に、身を横たえて待っている……さあ、鍵《かぎ》を。これを選びます、あとは運まかせだ！

ポーシャ　では、どうぞ、それを。もし私の絵姿がございましたら、そのときこそはかならずあなたのものに。（モロッコ王、金の箱を開ける）

モロッコ王　ええい、こいつ！　なんということだ！　朽ちはてた髑髏《どくろ》か、そのうつろな目のなかに、なにか書きものが！　よし、読んでやる。

　輝くもの、かならずしも金ならず、
そは汝《なんじ》もしばしば耳にしつらむ。
　古《いにしえ》より命失えるもの多し、
わが面に惑いしばかりに。
金色に塗られし墓も下は蛆《うじ》の巣……
汝もしその勇気にひとしき智慧《ちえ》もちなば、
その若き五体に老いたる思慮を併せもちなば、
かかる答、引きあてざらましを――
去れ、汝が夢はさめはてたり。

すっかりさめてしまった、すべてがむだ骨。去るがいい、燃ゆる夏の日、きょうからは霜と抱き寝の夜を迎えよう……ポーシャ、これでお別れいたします！　この胸に受

けた傷手《いたで》の深さ、ゆっくり御挨拶《あいさつ》申しあげる気にもなれませぬ。敗者はこうして去るもの。（従者を連れて退場）

ポーシャ　これでひとまず助かった。さあ、カーテンを閉めておくれ。ああいう肌《はだ》の男たちは、みんな今のような選びかたをしてくれますように。（一同、退場）

〔第二幕　第八場〕

11

ヴェニスの町なか

サレアリオーとソレイニオーが出て来る。

サレアリオー　大丈夫、ぼくはバサーニオーの船出をたしかに見とどけた、グラシャーノーも一緒だった。だが、ロレンゾーは乗らなかったようだ。

ソレイニオー　あのユダヤ人め、大声たてて、とうとう公爵《こうしゃく》をたたき起してしまった。で、公爵もあいつと一緒にバサーニオーの船をさがしに出かけられたのだ。

サレアリオー　手おくれさ。船はとっくに出てしまったのだ。が、そこへ知らせがはいった、ロレンゾーとジェシカとが一緒にゴンドラに乗っているのを見たというのだ。

それにアントーニオーも公爵の前ではっきり言ってしまったのだよ、二人ともバサーニオーの船には乗りこまなかったとね。

ソレイニオー　あんな腹のたてようってあるものかね、すっかり取り乱してしまって、まったく珍無類、弁《わきま》えもなにもあらばこそ、なにを言いだすかわかりはしない。そうなのだよ、あのユダヤ犬め、町中を吠《ほ》えまくるのだ。「娘はどこへ行った！　おお、おれの金が！　おお、おれの娘！　クリスト教徒なんかと駆落ちしやがって！　おお、おれのクリスト教徒の金！　裁判だ！　法律があるぞ！　おれの金を、おれの娘が！　袋に入れてちゃんと封印してあったのだ、ちゃんと封印してある金袋を二つ、そうだ、金も倍だぞ、そいつを盗みやがった、このおれのものを、おれの娘が！　それに宝石もだ――石を二つ、それも大した値うちのやつをな、盗まれたんだ、われとわが子に！　裁判だ！　娘を見つけてくれ！　あいつが持っているんだ、石を、金を！」

サレアリオー　なんと言うことだ、ヴェニス中の子供がそのあとについて歩き、石だ、娘だ、金だ、とはやしたてる。

ソレイニオー　こうなると、アントーニオーが心配だ、例の約束、期限を守るようにしないと、とんだ祟《たた》りを受けるぞ。

サレアリオー　それそれ、思いだしたぞ。きのうフランス人にあったのだが、その男の言うには、あのフランスとイングランドとを隔てる狭い海峡で、この国の船が遭難したとか、それも一杯荷を積んでいたという話だ。それを聞いて、すぐアントーニオーのことが頭に浮んだ。あの男の船でなければいいがと、心に祈ったのだが。

ソレイニオー　なにはさておき、そのとおりアントーニオーに知らせておいたほうがいい――ただし、だしぬけに言うなよ、相当まいるだろうからな。

サレアリオー　あんないい男はこの世にまたといないな。バサーニオーと別れるとき、そばにいたのだが、バサーニオーが出来るだけ急いで帰ってくると言ったら、アントーニオーはこう言うのだ、「そんなことをするな。おれのために事をおろそかにしてはいけない。それより、機の熟するのを待ったほうがいい。あのユダヤ人の手にある証文のことなら、そのきみの恋物語の筋書からはずしておくのだな。大いに楽しんでくるがいい。相手の心を射おとすのに専《もっぱ》ら意を用いることさ。そして、きみに一番ふさわしい愛情の表現を心がけるのだよ」そう言うアントーニオーの眼には大粒の涙が一杯たまっていた。それから顔をそむけ、手をうしろに伸ばし、溢《あふ》れる友情をおさえかねるように、バサーニオーの手を強く握りしめた。そうして二人は別れたのだ。

ソレイニオー　おそらく、あの男はただバサーニオーのためにだけ生きているのだろう。とにかく、アントーニオーをさがしに行こう、会って、その胸をふたぐ憂《う》さをはらしてやろう、なにか愉快な趣向がないでもあるまい。
サレアリオー　よし、そうしよう。（二人、退場）

12　〔第二幕　第九場〕

ベルモントにおけるポーシャの家の広間
カーテンの前に侍者が立っている。ネリサが急ぎ登場。

ネリサ　早くおし、さ、早く――すぐカーテンをお開け。アラゴン王はもう誓言をおすませになったのだよ、今にも箱選びにお見えになる。（侍者、カーテンを開く）

ポーシャ登場。つづいてアラゴン王と従者たち。

ポーシャ　ごらんなさいまし、あそこに箱がございます。お選びになったのに私の絵姿がはいっておりましたら、すぐにも式を挙げるよう手はずを整えさせましょう。その代り、もしおしくじりになったら、そのときはもう何もおっしゃらず、ただちにここをお引きあげいただかねばなりません。

アラゴン王　たしかに誓言いたしました、三つの条件は守ります——第一に、どの箱を選んだか、誰にもいわぬこと、第二に、正しい箱を選びそこなったら、今後、どの娘に向っても結婚を申しこまぬこと、そして最後に、もし不運にも選択をあやまったなら、即座にお暇《いとま》をいただき、この場を去ること。

ポーシャ　今の条件はどなたにもお誓いいただきました、このつまらぬ私のために賭《か》けをなさろうというお方には。

アラゴン王　もちろん、私もその覚悟でまいりました。今は運を頼むのみ、きっと望みがかなえられるよう！（箱のほうに向き）金、銀、それから卑《いや》しい鉛……「我を選ぶ者は、己れの持物すべてを手放し投げうたざるべからず」か。もう少し美しい顔をしていてもらいたいな、そうすれば、おれもすべてを手放し投げうちもしようが……金の箱にはなんとあるか？　ええい！　さあ——「我を選ぶ者は、衆人の欲し求むるものを得べし」と。衆人の欲し求めるもの！　が、その「衆」は愚衆の意味かもしれぬ。かれらは見せかけだけで物を選ぶ。愚かな眼の教えるまま、それ以上、深く究めようとはしない。内側が見えないのだ。いわば、あの燕《つばめ》も同じこと、嵐《あらし》の日に壁の外側に巣をつくる、禍《わざわ》いもなにもあなたまかせだ。おれは衆人の欲し求めるものなど選びはしないぞ。凡人どもとつきあえる男ではない。無智蒙昧《むちもうまい》な大衆の仲間入りはまっぴらだ……さあ、今度はお前だ、銀の宝庫！　もう一度、お前の銘を聞かせてくれ。「我を選ぶ者は、己れにふさわしきものを手に入《い》るべし」文句もよく出来ている。そのとおりだ、誰にしても、美徳の鑑札なしで、運命の目を欺《あざむ》き、世人の尊敬をかちえようとするなど、もってのほかだ。おのれにふさわしからぬ栄誉の衣を誰もまとうてはならぬ……ああ、あの身分、地位、官職というやつが、汚れた手ではものにできず、名誉はそれを身につける者の値うちに応じて手に入《はい》るということになったなら――今は素頭の下僕でも、改めて帽子をかぶる者もずいぶんたくさん出てこよう！　そして、今は人を頤《あご》で使っていても、そのときになって逆に頤で使われる男もずいぶんたくさん出てこよう！　たとえ地位は高くとも、卑しい百姓根性をもった人間は秕《しいな》も同然、きっとそういう連中が名誉ある本物の種の間から、たんと選《え》り捨てられることだろう！　それと同時に、名誉ある本物も、それまで埋《うず》もれていた籾殻《もみがら》や屑《くず》のなかから、たくさん篩《ふる》い分けられ、磨《みが》きをかけられることだろう……さあ、とにかく選んでみることだ……「我を選ぶ者は、己れにふさわしきものを手に入《い》るべし」そのふさわしいものをいただこう……（銀の箱をとり）この鍵をください――すぐにもこのおのが運命の扉《とびら》を開いてみせましょう。（箱を開き、愕然《がくぜん》としてあとへ退《さが》る）

ポーシャ　（傍白）ずいぶん暇をかけること、そんなものを見つけるのに。

アラゴン王　なんだ、これは？　目をしょぼつかせている阿呆《あほう》の絵ではないか、なにか書きものをさしだしているな！　読んでやる……ポーシャとは似ても似つかぬ代物《しろもの》だ！　おれの夢、おれにふさわしきもの、ええい、それとは似てもつかぬ代物ではないか！「我を選ぶものは、己れにふさわしきものを手に入《い》るべし」おれにふさわしいのは阿呆の頭でしかないと言うのか？　それがおれの褒美《ほうび》か？　おれの値うちはそれしかないと言うのか？

ポーシャ　宣告を受けるのと与えるのとは、それぞれ別の役割、二つながら兼ねることはできませぬ。

アラゴン王　（書いたものをひろげて）なんだ、これは？

火はこの箱を七度きたえたり――
思慮もまた七度きたえられてこそ、
はじめて正しくは選びえめ。
世には影を求めて口づけするものあり、
はたまた影の祝福に酔うものあり。
まこと、いずれを見るも阿呆のみ、
面を白銀に塗りかたむ――かくのごとくに……

汝《なんじ》、いかなる妻を娶《めと》るとも、
汝の頭、つねにかくのごとし。
さらば行け、汝が事、終《おわ》んぬ。

いやがうえにも阿呆に見えよう、こんなところに長居をすればするほど。心を得ようとやってきたときは一人の阿呆、帰りには連れが出来て二人になった……これでお別れいたします！　誓いを守り、辛《つら》い想《おも》いをこらえて。（従者を連れて退場）

ポーシャ　こうしてまた、蠟燭《ろうそく》の火に身を焼く夏の虫が一匹。ああ、みんな揃《そろ》いもそろって考えすぎの阿呆どの！　結構うまく選ぼうとなまなか頭を働かせて、おかげでしくじるだけの智慧《ちえ》が身上。

ネリサ　昔からの言い伝えにうそはございません、それ、ままにならぬは、かかあにお仕置き、と申します。

ポーシャ　さあ、カーテンをお閉め、ネリサ。（ネリサ、カーテンを閉める）

召使が出て来る。

召使　お嬢様は？

ポーシャ　ここだよ——御用でございますか、旦那《だんな》様？

召使　はい、ただ今、お一人、馬でお着きになりました。お若いヴェニスの方で、一足さきに御主人様の御到着をお知らせにまいられたとか。とりあえず御挨拶までにそのお印をとおっしゃって……と申しますのは、いろいろ御鄭重《ていちょう》なお言葉のうえに、大層高価な土産物をお持ちでございます……それにしても、あれほど似つかわしい恋の御使者は、今日まで見たこともございません。豊かな夏の到来を間近に告げる春の日の、えもいわれぬ香ぐわいも、御主人を導くあの前触れの御使者ほどには、人を酔わせません。

ポーシャ　もうたくさん。どうやらその分では、その人がじつは手前の親戚《しんせき》なのでくらいは言いかねない。ずいぶんよそゆきの智慧をふりしぼって褒《ほ》めちぎったものだね……さあ、おいで、ネリサ、それほど立派なキューピッドの御使者なら、一刻も早く見たいもの。

ネリサ　バサーニオー様――どうかあのお方でありますように、恋の神様！　（一同、退場）

13

〔第三幕　第一場〕

シャイロックの家の前

ソレイニオーとサレアリオーとが舞台の両側から出て来る。

ソレイニオー　やあ、どうだね、取引所のことで、何か聞いたかい？

サレアリオー　それがね、相変らず例の噂《うわさ》でもちきりさ、アントーニオーの船が荷物を満載したまま海峡で難破したという。場所は、なんでもグドウィンの浅瀬とか言ったよ――非常に危険な所で、助かりようがないとか、巨船の残骸《ざんがい》がたくさん眠っているのだそうだ。もっとも、いわゆる情報という お喋《しゃべ》り婆《ばあ》さんが信頼できる女だとすればの話だがね。

ソレイニオー　その婆さん、今度だけは、いいかげんな噂を撒《ま》きちらしているのだといいがな、世の常の婆さんなみに、生姜《しょうが》をかじるのが何よりの楽しみだったり、三度目の亭主に死なれて泣いて見せて、隣近所をほろりとさせたり、その手であってくれれば、心配はないのだが……しかし、本当のところは、つまり、下手に長たらしい話にうつつをぬかしたり、話の筋道をこんがらがらしたりしないで言えばだ、好漢アントーニオーは、かの誠実なるアントーニオーは……ああ、もどかしい、あの男の名と抱き合わせにするにふさわしい肩書きがなかなか思いつかないのだが――

サレアリオー　さあ、その辺で、しめくくりの点を打ったらどうだ。
ソレイニオー　ああ！　え、なんだって？　うん、その終りの文句は、船を一隻《せき》なくしたということさ。
サレアリオー　それが損のしおわりであってくれればいいが。
ソレイニオー　つづけて「アーメン」を言わせてもらおう。ぐずぐずしていると、悪魔に水をさされるからな、そら来た、悪魔が、ユダヤ人の皮をかぶって……

シャイロックが家から出て来る。

ソレイニオー　やあ、シャイロック！　なにか変った話でもあるかね、きみたち商人仲間で？
シャイロック　（二人のほうを向き）あんたがたこそ、誰よりも、誰だって、あんたがたほど、知ってはいまいが、娘が駆落ちした話をさ。
サレアリオー　まさに御説のとおり！　余人は知らず、おれだけは、その娘さんに翼を作ってやった仕立屋を知っていたのだ。
ソレイニオー　それに、シャイロック、余人は知らず、お前だけは、その鳥に羽がはえそろったことを知っていたはずだ。羽がはえれば親鳥を棄《す》てるのが当りまえだろうが。

シャイロック　当るとも、ばちがな。

サレアリオー　御説のとおり、まちがいなし、当の悪魔が裁き手ときてはな。

シャイロック　おのれの血肉が謀反気《むほんぎ》を起すなんて！

ソレイニオー　呆《あき》れた奴《やつ》だ、爺《じい》さん、棺桶《かんおけ》に片足つっこんでいるその年で、まだむら気を起す血や肉があるのかい？

シャイロック　娘のことをいっているのだ、おれの血肉というのは。

サレアリオー　だが、大層な違いだぜ、お前さんの肉と娘さんの肉とでは、黒玉と象《ぞう》牙《げ》の開きどころじゃない。血の色だって大層な違いさ、赤葡萄酒《あかぶどうしゅ》と白葡萄酒、それ以上だ……ま、それはどうでもいい、お前さん、聞いているかい、アントーニオーが海で損をしたとかいう話？

シャイロック　それよ、泣き面《つら》に蜂《はち》さ、駆落ちの次が賭けそこないときた――身代限りの無駄使《むだづか》い、あの男も、もう取引所に顔だしできまい。乞食《こじき》のくせに、御大層にめかしこんで市場をのしあるいていたものだったが……あの証文を忘れるな！　おれの顔さえ見れば、高利貸しとぬかしおって、証文を忘れるな！　いつも無利子で金を貸しやがって、それがクリスト教徒の仁義だと、ええい、証文を忘れるなよ！

サレアリオー　待て、まさか、約束どおりにいかなかったからといって、あの男の肉をよこせとは言うまいね――そんなもの、なんの役にもたつまい？

シャイロック　たつさ、それを餌《えさ》にして、魚が釣《つ》れる！　腹のたしにはならなくても、腹いせだけは出来ようが……あの男、おれに恥をかかせた、五十万は儲《もう》けの邪魔をしやがった、損をしたと言っては笑い、得をしたと言っては嘲《あざ》ける、おれの仲間を蔑《さげす》み、おれの商売の裏をかく、こっちの身方には水をかけ、敵方はたきつける――それもなんのためだ？　ユダヤ人だからさ……ユダヤ人は目なしだとでも言うのですかい？　手がないとでも？　臓腑《ぞうふ》なし、五体なし、感覚、感情、情熱なし、なんにもないとでも言うのですかい？　同じものを食ってはいないと言うのかね、同じ刃物では傷がつかない、同じ病気にはかからない、同じ薬では癒《なお》らない、同じ寒さ暑さを感じない、何もかもクリスト教徒とは違うとでも言うのかな？　針でさしてみるかい、われわれの体からは血が出ませんかな？　くすぐられても笑わない、毒を飲まされても死なない、だから、ひどいめに会わされても、仕かえしはするな、そうおっしゃるんですかい？　だがな、ほかのことがあんた方と同じなら、その点だって同じだろうぜ……クリスト教徒がユダヤ人にひどいめに会わされたら、御自慢の温情はなんと言いますかな？　仕かえしとくる。それなら、ユダヤ人がクリスト教徒にひどいめに会わされたら、われわれ持ちまえの忍従は、あんたがたのお手本から何を学んだらいいのかな？やっぱり、仕かえしだ。没義道《もぎどう》はそちらが先生、習っただけはおさらいして見せる。いいや、それだけでは腹の虫がおさまらぬ、御指導以上にみごとにやってお目にかけますぜ。

アントーニオーの召使が出て来て、ソレイニオーとサレアリオーに話しかける。

召使　ただ今、主人のアントーニオーが帰宅いたしまして、お二人にお話ししたいことがあると申しております。

サレアリオー　じつは、こっちでもあちこち探していたのだ。

テュバルがシャイロックを訪ねて来る。

ソレイニオー　また一人、お仲間がやって来たぞ――こう揃ったら、次に誰が来てもかなわない、本物の悪魔がユダヤ人に化けてでも来ないかぎりはな。（サレアリオーと一緒に去る。召使、そのあとに随《した》がう）

シャイロック　やあ、テュバル！　ジェノアから何か聞きこみでも？　娘は見つかったか？

テュバル　それが、行く先々で娘さんの噂を耳にはするのだが、どうしても見つからないのだ。

シャイロック　おい、おい、おい、おい――おれはダイヤモンドを持って行かれてしまったのだぜ、フランクフルトで二千ダカットもふんだくられたやつを――ついぞ無かったことだぞ、呪《のろ》いの雲がはじめておれたち仲間の上に押しかぶさってきやがったんだ。生れてはじめてだよ、こんな気持は――二千ダカットだ、そればかりか、ほかにも凄《すご》く高い宝石がたくさんあるのだ……娘のやつ、今すぐこの足もとでくたばってくれればいい、宝石だけ耳に残してな！　今すぐこの足もとで棺桶に入れられればいい、持ち逃げしやがった金も一緒にな！　で、なんの聞きこみもないのか、二人のことで？　ふん、いいとも――捜すためにだって、どれだけかかったか知れはしない。ふん、損の上塗《うわぬり》か！　盗人《ぬすっと》にしこたま持って行かれ、その盗人を見つけるのにしこたま使って、お返しなしの、仕かえしなしだ。不幸という不幸が、みんなおれの肩に落ちかかってくる。溜息《ためいき》といえば、みんなおれの溜息、涙といえば、みんなおれの涙だ。

（泣く）

テュバル　まさか。誰にも不幸は見まう。アントーニオーだって、ジェノアで聞いた話だが――

シャイロック なに、なんだと、なんだって？ 不幸、不幸だと？
テュバル ——船がやられたということだ、トリポリスからの帰りというが。
シャイロック ありがたい、神に礼を言うぞ！ 本当か？ 本当なのか、それは？
テュバル 船乗りから聞いたのだが、その連中、当の難破した船から助かって帰ってきたやつらなのだ。
シャイロック 礼を言うぞ、テュバル、吉報だ、吉報だぞ。は、は、は！ ジェノアでな。
テュバル そのジェノアで、娘さん、なんでも一晩に八十ダカット使っていたそうだぜ。
シャイロック その一言、短剣の一突き、この胸を抉《えぐ》るぞ。もうお目にかかれないのか、あの金に——八十ダカットをまたたくまにだと！ 八十ダカットも！
テュバル ヴェニスへの帰り途《みち》、アントーニオーの債権者たちと一緒になったのだが、みんな破産しかないという見こみだったよ。
シャイロック そいつはうれしい、せいぜい苦しめてやる、とり殺してやる、うれしいことだ。
テュバル そのうちの一人から指輪を見せてもらったが、娘さんに猿《さる》を売ってやった礼金の代りだとさ。

シャイロック　畜生め！　その一言、おれをとり殺すぞ、テュバル――そいつはおれのトルコ玉だ――女房のリアにもらったやつだ、まだ一人だったときにな。それをくれてやるなどと、言語道断だ、猿なんか山中全部もらったって、どうしてそんなことが出来るものか。

テュバル　しかしだな、アントーニオーはたしかにお手あげだよ。

シャイロック　うん、それは事実だ、まちがいなしの事実だ。さあ、行くんだ、テュバル、おまわりに金をやってくれ、二週間も前から頼んでおくのだ。やつめ、いよいよとなって違約しやがったら、心臓を頂戴《ちょうだい》してやるぞ。やつさえヴェニスにいなければ、思いのままに商売ができるのだ……行け、テュバル、あとで礼拝堂で会おう――行くんだ、テュバル――礼拝堂でな、テュバル。（テュバル去る。シャイロック、家に入る）

14

〔第三幕　第二場〕

ベルモントにおけるポーシャの家の広間

カーテンは開かれている。舞台の二重には音楽家たちが並んでいる。
バサーニオー、ポーシャ、グラシャーノー、ネリサ、その他、侍者、召使たち。

ポーシャ　決してお急ぎにならぬよう、一日二日お休みになってから、お選びくださいまし。もしお間違いになったら、二度とお目にはかかれませぬもの。ですから、少しでもあとになさって。私、なんとなく、いいえ、恋とは申しませぬ、ただお別れしたくない、それだけのこと、といって、解《わか》っていただけましょう、憎しみがこんな誘いをかけるわけもございませぬ。そういう私の心をもっと解っていただくために――でも、想ったほどにもの言う舌を持たない、それが娘心と申すもの――ただせめてここにお引きとめしておきたいだけ、一月でも二月でも、私のために運命をお賭《か》けになるまえに……もちろん、私にはお教えできます、どれをお選びになったらよいかを。けれど、それでは誓いを破ることになる、それればかりは許されませぬ。でも、お間違いになるかもしれない、そのくらいなら、たとえ罪を犯しても、誓いを破ればよかったと、そんな気を起させられる……憎らしいのはそのお目、それに私は惑わされ、二つに裂かれてしまいました、一つはあなたのもの、あとの一つは、それも、あなたのもの――いいえ、私のものと言いましょう、でも、私のものなら、あなたのもの、それなら、みんなあなたのもの……本当に、ひどい御時勢、自分のものでありながら、その権利を奪われているなどと。あなたの場合もおなじこと、現にあなたのものが、あなたのものにならない。どうしても、そうなれないならば――運命の神様こそ地獄に行けばよい、私に罪はありませぬ……お喋《しゃべ》りが過ぎました、それも、時の歩みに錘《おも》りをつけ、それをおさえ、出来るだけ遅くして、あなたの箱選びを先へ延ばしたい一心なのでございます。

バサーニオー　すぐにも選ばせていただきましょう、今のままでは、拷問台《ごうもんだい》に坐《すわ》らせられているようなものです。

ポーシャ　拷問台に？　それなら早く自白なさったほうがおためでしょう、どういう下心を隠しておいでいらっしゃいます、その愛の衣の下に？

バサーニオー　なにもありません、もしあるとすれば、忌《い》まわしい疑心暗鬼の下心、もしあなたを得られねばと、それだけが気がかりだ。まさか火の下に雪が積りはしますまい、それなら私の愛に下心などあろうはずがない。

ポーシャ　そうかもしれませぬ、でも、きっと拷問台の上で喋っていらっしゃるのだ。それなら、人はどんなことでも喋りましょう。

バサーニオー　お約束ください、命の保証はしてくださると。そしたら、本当のこと

しい。
を白状いたしましょう。
ポーシャ　かしこまりました、早く自白なさって、あとの命をお楽しみになればよろ
バサーニオー　「自白」して、あなたの「愛」を楽しませてくだされぱよい、そう、あとにもさきにもこれだけです、自白の内容は。ああ、こんな楽しい拷問はありますまい、当の責め手が答えを教えてくれるのだから……だが、まず運を試させていただきましょう、あの箱を。
ポーシャ　それなら、あちらへ！　あの一つに私がはいっております——もし愛してくださるなら、かならずそれをお見つけになりましょう……ネリサ、ほかの者も、みんな退《さが》っておいで。音楽を、お選びになるあいだ——もしお間違えになったら、あの白鳥の最期《さいご》のように消え去るお跡を楽の調べで追いましょう……（召使のほかは二重に上る）その喩《たと》えにふさわしく筆を入れろといわれれば、この目を涙の川となし、その水底《みなそこ》を死の床としてあの方のお姿を抱きとりましょう……でも、お間違えになるとは限らない、そのときはどんな音楽を？　そのときの音楽は、そう、トランペットの吹奏、膝《ひざ》まずく忠実な家来たちが、新しく王冠を戴《いただ》いた王様をお迎えするときのように。それとも、結婚の日に、暁の空をふるわし、まどろむ花婿《はなむこ》の耳に忍びよって、晴れの

式へと呼びさます、あの爽《さわや》かな楽の音に……ああ、箱のほうへお進みになる。あの凛々《りり》しいお姿、若いハーキュリーズのよう、でも、もっと愛していてくださる。ええ、トロイ王が海の怪獣をなだめるため涙ながらに生贄《いけにえ》にささげたその娘を、ハーキュリーズは救ってやった、でも、それは自分の手柄《てがら》のため。今の私がその生贄、あそこに離れて立っているのは、娘をとられたトロイの女たち、顔を涙にぬらして、勝負の成行《なりゆき》を見守っている……さあ、私のハーキュリーズ！　お前が勝ち残れば、私の命も助かる。胸をしめつけるこの不安、勝負を見守る私のほうが、戦うあなたより、どんなにつらいことか。（次の歌のあいだに、バサーニオーは箱の銘を読みくらべている）

浮気心の芽はどこに、
胸の底にか首《こうべ》にか？
どうして吹いた、どうして伸びた？

一同　さあさ、答えを、聞かせておくれ。

ポーシャ
浮気心は眼《め》にやどる、
見るまに育つ、ゆりかごの……
瞳《ひとみ》の床が死の床に。

さあ、みんな一緒に鳴らしましょう、浮気心を弔《とむら》う鐘を……

最初にあたしが――ディン・ドン・ベル。

一同　ディン・ドン・ベル。

バサーニオー　なるほど、そうかもしれぬ、外観は中味を裏切るものだ――いつの世にも人は虚飾に欺《あざむ》かれる。裁判でもそうだ、どんないかがわしい曲った訴訟でも、巧みな弁舌で味つけすれば、邪《よこしま》な心のひだを消しされるではないか？　宗教にしても同じこと、どんな異端邪説でも、殊勝げな坊主《ぼうず》がそれを祝福し、聖書の言葉に照して、もっともらしく解説しさえすれば、その忌まわしさも虚飾のかげに隠しおおせるではないか？　世にむきだしの悪というものはない、かならず大義名分を表に立てているものだ。どこにも多い臆病者《おくびょうもの》、心臓は砂で作ったきざはし同様たわいない。そのくせ顎《あご》には勇士ハーキュリーズや軍神マルスのひげをつけ、厳《きび》しげに構えている。言うまでもない、その腹をのぞいてみれば、胆玉《きもだま》は乳のように白ちゃけているのだ。ただ、やつらは勇者の飾りを見せかけに、世間をおどしているにすぎない……美人を見るがいい、知れたこと、美しさもまた脂粉の目方で売り買いでき、その目方ひとつで世にも不思議な奇蹟《きせき》が起る。つまり、顔に塗るものに目方をかければかけるほど、尻《しり》はますます軽くなるというわけだ。そうなれば、蛇《へび》のようにうねった金髪の捲毛《まきげ》にしても、あのうわべだけのお化粧美人の頭の上で、みだりがましく風とたわむれてはいるものの、もとを洗えば、わがものならぬ貰《もら》いもの、その金髪を養い遺《のこ》してくれた人の頭は、今は髑髏《どくろ》となって墓の下に……こうして虚飾こそは、魔の海に人を誘《いざな》い裏切る岸辺、色黒のインド美人の面を隠すきれいなかつぎ、一口にいえば、見てくれのまことらしさというやつ、ずるかしこい世間はそれを罠《わな》にしかけて、どんな賢者も陥《おとしい》れるのだ……それなら、この光り輝く金の箱、貪欲《どんよく》なマイダス王もついに歯のたたなかった硬い肉、金のお前に用はない——それから、お前にも、なまじろい顔をして人から人へと賤《いや》しい走り使い、お前も用なしだ。だが、お前はその見すぼらしい鉛の面に、いかにも恐しげなおどし文句を並べ、なんの救いもなさそうに見える、そういうお前のさりげなさが、飾りたてた雄弁よりも、はるかにおれの心を打ってくる。これにしよう——うまくゆくように！（召使から鍵《かぎ》を受けとる）

ポーシャ　（傍白）ああ、数々の悩みが融《と》け去るように空に消えてゆく、疑いの雲も、先ばしった絶望も、胸をしめつける不安も、緑の眼をした嫉妬《しっと》も……ああ、今はただ恋する心だけ、いいかい、程を守るのだよ、酔《え》いしれてはいけない、喜びの雨も静かに降らせておくれ、度をすごさぬように——今の私は、あまりにしあわせすぎる、もっと少しでいいの、しあわせを食べあきぬように！

バサーニオー　（鉛の箱を開け）なんだろう、これは？　おお、ポーシャの絵姿ではないか……よく入神の技というが、これほど真に迫りうるものなのか？　眼が動く？　それとも、おれの眼の動きにつられて、動くように見えるのか？　開いた唇《くちびる》、蜜《みつ》のように甘い息がそれを二つに裂いたのだ――そのやさしい魔力以外に、一つに融けあったこのやさしい友情を引き裂く武器はないはず。それから、この髪の毛を見るがいい、おそらく絵かきは蜘蛛《くも》となって、金の糸を紡《つむ》ぎだし、その網に男の心をとらえようとしたのだろう、蜘蛛の巣にかかった蚋《ぶよ》さながら雁字《がんじ》がらめに――それよりも、この目の美しさ！　それを描きあげるまで、よく目がつぶれずにいたものだ。片方を描き終って、その眩《まぶ》しさに盲目となり、残る一つをそのままに筆を投じたとしても不思議はあるまい。それにしても、なんということか、こうして褒《ほ》めたたえるおれの言葉に嘘《うそ》いつわりはないが、その実をもってしても、高が影の絵姿の美を語りつくせぬのだ、が、まさにそのとおり、この影もまた実の姿にくらべれば、そばにも寄れぬ有様だ……おお、何か書いてあるな、これでおれの運命のすべてが決るというわけか。

汝《なんじ》、うわべによりて選ばざるもの、
かえりて恵みあり、その選びかた、正しければ。
かくして幸《さち》を得しうえは、

ただ定《さだ》るを知りて、新しきを求むる勿《なか》れ。
汝、もしこれをもて満ち足らい、
その幸をこよなきもの無上の幸と思わば、
かの女人のもとに行き、
愛の口づけもて、妻たるを求むべし。

やさしい言葉だ……（ポーシャのほうを向き）お許しくださいましょうか、ここに書いてありますとおり、私からさしあげるものをお納めいただき、そのうえであなたをお迎えしたいのですが。賞を得ようとして技を競いあう男の気もちはかくもありましょう。観衆を前にわれながらよくやったと思った瞬間、湧《わ》きあがる歓呼の声に眼もくらめき、吹きまくる賞讃《しょうさん》のあらしが、はたして己れに向けられたものかどうか、半ば疑わしげにあたりを眺《なが》めやる。お察しいただけましょう、今の私がまさにそれなのです。目《ま》のあたり眺めているものが、そのとおり在るがままの事実かどうか、それが疑わしい、あなたのお口から確証を得、はっきり署名してお許しをいただかぬうちは。

ポーシャ　バサーニオー様、そのお目に映るこの私こそ在るがままの私。もちろん、わが身ひとりのためでございましたら、これ以上の自分をと、そんなに欲ばりはいたしませぬ。でも、あなたのための私なら、今の二十倍も、そのまた三倍もよくありたい――千倍も美しく、その千倍の十倍も富んでいたい――ただあなたのお心のうちに高い地位を占めたいと思えばこそ、人柄も、器量も、財産も、友人も、人並すぐれたものがほしいのでございます。そうは申しあげても、今の私、一切合財かきあつめて、まずまずというところでございましょうか――早く言えば、教養のない小娘、弁《わきま》えもなく、経験もございませぬ。ただ、しあわせなことには、いまさら何を学んでも追いつかぬほど年をとってもおりませず、さらにましなことには、何を学んでもものにならぬほど愚かな生れつきでもございませぬ。そして何よりましなのは、そのすなおな心ばえ、なにもかもお心のまま、あなたを主とも君とも仰ぎ……（二人接吻《せっぷん》する）この身も、この身に属する持物も、あなたのお手に……今の今までは、私がこの家《や》の主《あるじ》、仕える者には頭《かしら》、この身みずからの女王、でも、今からは、今はもう、この家も人も、いいえ、この身がすでにあなたのもの――君のもの！――ええ、何もかもさしあげます、この指輪とともに。もしそれをお棄《す》てになったり、なくされたり、あるいは人におやりになったりしたときは、それこそあなたの愛の燃えつきた証拠、私としても、それを楯《たて》にきっとお恨み申しあげましょう。

バサーニオー　いまのお言葉で、もう何も申しあげることは無くなりました。ただこの血だけがあなたに語りかけるのだ。どうやら心の働きが乱れてしまったようです。

いわば、国民に愛されている国王がみごとな挨拶《あいさつ》を述べ終ったあとで、喜びに湧きかえる群集を捲きこむあの騒ぎにも似ておりましょう。そんなとき、人々の口を洩《も》れる言葉が、雑然と入り乱れ、その一つ一つには意味があったものが、結局はわけのわからぬ騒音の渦《うず》と化する。喜んでいることだけは確かだが、聞くものに果してそれと解るかどうか……それにしても、この指輪がこの指を去るとき、この命もまたこの身を去りましょう！　そのときこそは、はっきりとおっしゃっていただきたい、バサーニオーは死んでしまったと。

ネリサとグラシャーノーが二重を降りてくる。

ネリサ　旦那《だんな》様、奥様、やっと私たちの番になりました。さきほどからあちらでどうか巧《うま》くまいりますようにと祈りながら、お見守りいたしておりましたが、やっと「おめでとう」を申しあげるときがまいりました。おめでとうございます、旦那様に奥様！

グラシャーノー　バサーニオー殿、それにやさしいポーシャ様、その喜びを思うぞんぶん楽しまれますように。安心しております、思うぞんぶんと申しあげても、まさか私の分までお取りあげにはならないでしょうから。それなら、お二人が式をあげ、誓いをとりかわされるおり、ひとつお願いがございます、そのときはぜひ私も御同様、一緒に式をあげさせていただきたいのですが。

バサーニオー　そうしよう、心から喜んで、相手さえいればな。

グラシャーノー　お礼を申しあげます、その相手をお世話くださいましたことについて……（ネリサの手を取る）目は早いほうでして、旦那様に劣らず。そちらがお姫様を見つける、私がお女中様に目をつける。そちらが恋する、こちらも恋する――なにしろ、気ながに構えるというのは、私の柄に合わない、旦那様、御同様。御運は一にあの箱にかかっておりました。そして、御覧のとおり、私の運もまったく同じ、汗が出るほど掻《か》きくどき、口の天井が干《ひ》あがるほど愛の誓いを撒《ま》きちらし、やっとのことで――もっとも、やっとこくらいで女心がおさえておけるものならばの話ですが――とにもかくにも、この美人の心をとらえ、その愛をかちえた次第……それが、しかも、条件づき、お姫様をものにできるかどうか、万事、そちらの運次第というわけです。

ポーシャ　本当、ネリサ、今のお話？

ネリサ　本当でございます、もしお許しいただけますなら。

バサーニオー　それに、きみも、グラシャーノー、本気なのだね？

グラシャーノー　もちろん、本気だとも。

バサーニオー　われわれの祝宴も、二人のおめでたで一層、栄《は》えあるものとなろう。
グラシャーノー　ひとつ賭《か》けをしてみようじゃないか、どちらが先に男の子が出来るか、勝てば、一千ダカットだ。
ネリサ　え！　でも、賭金ははじめから入れておくのでしょう？
グラシャーノー　とんでもない、てんで勝ちめなしだ、入れっことなったらね。

ロレンゾーとジェシカ、およびサレアリオーがはいって来る。

グラシャーノー　誰だろう、あれは？　ロレンゾーと恋人のユダヤ娘だな？　おや、それにヴェニスの親友サレアリオーではないか？
バサーニオー　ロレンゾー、サレアリオー、よく来てくれた、もっとも、この家の主人になったばかりのぼくに、そんな挨拶をする権利があればの話だが……（ポーシャに）ここはひとつ、同郷の親友に歓迎の辞を述べさせてもらいますよ。
ポーシャ　私こそ。みなさん、ようこそいらしてくださいました。
ロレンゾー　ありがとうございます。バサーニオー、実を言えば、伺うつもりはなかったのです。だが、たまたまサレアリオーに会い、どうしても来いと言われて、つい断りきれず、こうして一緒についてきたのだ。

サレアリオー　そう、ぼくがすすめたのです。それには訳がある。それから、アントーニオーさんもよろしくとのことでした。（バサーニオーに手紙を渡す）

バサーニオー　封を切るまえに、まず教えてくれ、どうしている、わがアントーニオーは。

サレアリオー　病気というわけではない、もっとも、心は別だが――といって、元気だとも言いかねる、心は別となれば。その手紙を読めば、近況が解《わか》るだろう。（バサーニオー、手紙を読みはじめる）

グラシャーノー　ネリサ、あちらのお客さんにもくつろいでいただくように、御挨拶をしておくれ……（ネリサはジェシカを迎える。グラシャーノーはサレアリオーと挨拶を交す）サレアリオー、手を。なにかヴェニスの話を聞かせてくれないか？　貿易王のアントーニオーはどうしている？　きっとわれわれの成功を喜んでくれるにちがいない、われら二人はさしずめ伝説の英雄ジェイソンさ、金の羊毛を手にいれたのだからな！

サレアリオー　願わくは、そのきみたちの手に入れた金の羊毛が、アントーニオーのなくしたやつだといいのだが。（話しながら、少し離れる）

ポーシャ　ただ事とは思われない、あの手紙、見る見るうちに、バサーニオーの頰《ほお》から血の気がうせて――誰か親しいお友達でも亡《な》くなったのかしら、さもなければ、どうしてあんなに顔色が変るだろう、ちゃんとした男の人が……ああ、前よりも段々！（バサーニオーの腕に手をかけ）ごめんなさい、バサーニオー——あたしはあなたの半身、それなら、重荷の半分は担《にな》わせていただけるわけ、そのお手紙の中味がなんであろうと。

バサーニオー　ああ、ポーシャ、忌《い》まわしい言葉がここに、おそらく書かれた文字でこれほどの……ポーシャ、ぼくがはじめて想《おも》いを打ちあけたとき、正直に言ったね、ぼくの全財産はこの身うちに流れている血だけだと——一個の男子、それだけなのだと——もちろん、ぼくは真実を語ったのです。だが、ポーシャ、たとえあのとき自分を無一文だと言ったにしても、それでもぼくはまだ大噓つきだったのだ。なるほど正直に無一文だと言いました、が、それよりこう言うべきだった、無一文よりもっと始末がわるいものなのだと。そうなのだ、ぼくは親友から金を借りていたのです。しかも、その金は、ぼくが友達に頼んでその敵の懐《ふところ》から借りてもらったものなのだ、まったくぼくのために……（声をふるわせて）これがその男の手紙です、この紙は友達の肌《はだ》そのもの、一語一語が深い傷口、そこから生き血が流れている……だが、本当なのか、サレアリオー？　アントーニオーの投資が全部、水泡《すいほう》に帰したというのは？　え、どれ一つ、当りなしというのか？　トリポリスからのも、メキシコからのも、イングランド、それに、リスボン、バーバリ、インドからのも、みんなだめだったのか？　一隻《せき》も逃れられなかったのか、あの恐しい商人殺しの暗礁《あんしょう》を？

サレアリオー　ただの一隻も。それに、話の様子では、たとえ返せる現金が手もとにあったところで、あのユダヤ人め、どうやらそれを受けるつもりはないらしい。あんな畜生にはぼくもはじめてお目にかかった、人間の皮をかぶってはいるものの、欲と執念のかたまりで、ただもう人を陥れることしか考えない。なんでも朝に晩に公爵《こうしゃく》をせっついて、ヴェニス公国の自由の名にかけ、公正な裁判をしてくれと、因縁をつけているという話だ。商人連中が大勢で、いや、公爵自身も、お歴々ともども、揃《そろ》って説得につとめているそうだが、どれもこれも効きめなし、当人は執拗《しつよう》に、毒気を含んだ要求をくりかえし、やれ、かたをよこせの、裁判をしろの、証文がどうのと、言いつのるばかりとか。

ジェシカ　私がまだ家におりました時分、父は仲間のテュバルやチューズを前に、口汚く誓っておりました、アントーニオーの肉がほしいのだ、そのほうが、貸した金を二十倍にして返してもらうよりずっといいと。あの様子では、法律や力でおさえていただかぬかぎり、アントーニオー様はきっと苦しい立場に追いこまれてしまうにちがいありません。

ポーシャ　あなたの御親友なのですか、そのお困りになっていらっしゃるお方は？

バサーニオー　一番、親しい友人なのだ、あれほど深切な男はいまい、人柄《ひとがら》も一点、非の打ちどころがない、それに、どこまでも人のために尽すあの粘り強い態度、あの男のうちにこそ、面目を重んじた昔ながらのローマ人気質《かたぎ》が生きているのだ、イタリー中の誰も、その点、かれにかないますまい。

ポーシャ　ユダヤ人から借りた金というのは、一体どのくらいに？

バサーニオー　ぼくのために、三千ダカットも。

ポーシャ　え、それだけ？　それなら、六千ダカットで帳消しにさせましょう。いいえ、その倍でも、そのまた三倍でも構いませぬ、それほど立派なお友達に、あなたの過ちのため、髪の毛一本、失わせてはならない……とにかく、私を教会へ連れて行って、そして、あなたの妻と呼んでくださること、その足ですぐにもヴェニスへ、お友達のところへ。たとえ一晩でも、このポーシャは、その不安なお胸に抱かれたくはありませぬもの！　すぐにもお預けいたしましょう、その程度でしたら、それこそ何十倍にもしてお返しになれるだけのものを。お返しになったら、そのお友達を連れておもどりになるように。ネリサも私も、そのあいだ、おとめや寡婦《やもめ》のように、つつましくお待ち申しあげております……さあ、早く！　式をあげて、その日に御出立《しゅったつ》というのだから。みなさんをおもてなしなさって、元気をおだしになって。ずいぶん苦労をして手に入れたあなたですもの、これからも一緒に苦労がしてみたい……でも、そのお手紙、読んで聞かせて。

バサーニオー　（読む）「バサーニオー殿、わが持船はことごとく、難破、債権者たちは日に日に酷薄の度を増し、事態は切迫せり。ユダヤ人に渡せし証文の期限も切れ、そのかたを払うとなれば、死は必定。されば、貴兄との貸借関係も完全に消滅すべし。願わくは、今はの際《きわ》に一目あいたしと思うのみ。が、それとて気にかける要なく、大いに春を楽しまれたし――貴兄みずからの気もちに随《したが》うべし、この書にとらわれざらんことを」

ポーシャ　ああ、何をおいても、いらっしゃらなければ！

バサーニオー　許しが出た以上、一刻も早く。帰ってくるまで、一夜たりとも、旅寝の床に滞在を長びかせ、手脚をやすめて再会を遅らせるようなことはしますまい。

（一同、急ぎ退場）

〔第三幕　第三場〕

15

シャイロックの家の前

戸口にシャイロック、その前にソレイニオー、アントーニオー、牢番《ろうばん》。

シャイロック　おい、牢番、目を離すなよ――お慈悲のなんのと、もうたくさんだ――ただで金を貸す大馬鹿《おおばか》だからな。牢番、目を離すなよ。

アントーニオー　もう一度、おれの言うことを聞け、シャイロック。

シャイロック　おれの証文に物を言わせたいね、その証文に物いいはつけてもらいたくない、おれは誓いをたてたのだ、証文に物を言わせるとな。お前さん、理由もなしにおれのことを犬だとぬかした。犬なら、牙《きば》に用心するのだな。おれは是が非でも公爵に頼んで、裁判をやってもらうつもりさ。それを、しようのないやつだ、この牢番め、馬鹿にも程がある、いくら頼まれたからといって、こいつを外に連れだす法があるか。

アントーニオー　頼む、一言いわせてくれ。

シャイロック　証文に物を言わせるのだ——お前さんのお喋《しゃべ》りなど聞きたくないね。証文が物を言う、だから、もう何も言うことはない。このおれはな、人の腹も読めぬお人好《よ》しとは違うのだ、クリスト教徒にちょいと頭をなでられたくらいで、すぐ首がぐにゃりとなり、尻《しり》ごみして、溜息《ためいき》ついて、はい、おっしゃるとおり、そうはいかぬぞ……ええい、ついてくるな——もう口はきかぬ、証文に物を言わせるだけだ。（家に入り、戸を後手《うしろで》に音高く閉める）

ソレイニオー　この因業爺《いんごうじじい》め、こんな野良犬《のらいぬ》は見たことがない。

アントーニオー　放《ほう》っておけ、あとを追うのはやめよう、むだだよ、いくら頼んでも。結局は、ぼくの命がほしいのだ——理由はよく解っている。今日まで何度、あいつの毒牙《どくが》から人を救ってやったか知れない、かたを取られると泣きつかれてな。やつにしてみれば、おれが憎いのだ。

ソレイニオー　しかし、公爵はまさかこんなかたの取立てをお認めにはなるまい。

アントーニオー　公爵だって法は曲げられない。そうではないか、たとえよそものでも、このヴェニスでは、われわれ市民と同じ権利を与えられている、もしそれが拒否されれば、国家の正義が疑われよう。この都市の貿易も利潤も、世界中の国民の手中にあるのだから……しかたがない、行こう。打ちつづく苦労と損失のため、すっかり痩《や》せてしまった、これでは明日、わが吸血鬼に一ポンドの肉を提供することもむずかしい……さあ、牢番、帰ろう。ああ、バサーニオーが間にあってくれれば、そしてあれの借りを突き返してやるのに立会ってくれさえすれば、あとはどうなっても構わない。（一同、退場）

16

〔第三幕　第四場〕

ベルモントにおけるポーシャの家の広間

ポーシャ、ネリサ、ロレンゾー、ジェシカ、バルサザー。

ロレンゾー　面と向ってそう申すのもいかがかと思われますが、お考えになっていらっしゃること、まことに御立派で正しく、神のごとき友情というものの核心を射ぬいておいでだ。そのなによりの証拠は、御主人の旅をそうして耐えておいでになる御様子に明かです。しかし、そうまでして席をお譲りになった当の友情の相手をごぞんじだったら、つまり、救いの手をさしのべられた男が、どんなに立派な人物か、御主人にとってどれほど大切な友達か、それをお知りになったら、きっと御自分のなさっていることに大きな誇りをおもちになるでしょう、いつもの御深切とは較《くら》べものにならぬほど。

ポーシャ　私、人のために尽して後悔したことはありませぬ、今だって同じ。そういうもの、お友達同士というものは、いつも一緒に時を過し、同じ愛の軛《くびき》につながれているのですもの、きっとおたがいに似かよったところがあるもの、顔つき、しぐさ、心のもちかた、みんな似てまいりましょう。だから、私には、そのアントーニオーというお方が、主人の心の友である以上、主人そっくりのお方に違いないと思われます。それなら、私の払った犠牲など高が知れておりましょう？　それでおのれの命と頼む夫に似た人を、残酷な悪魔の手から救えるものなら。自慢話のようになりました、もうその話はやめにして。ほかに聞いていただきたいことがあります。ロレンゾー、なにもかも委《まか》せます、この家の取りしきり、主人がもどってくるまで、間違いのないように。いいえ、じつは私、そっと神様に誓いをたててしまいました、主人とネリサの旦那《だんな》様が戻ってくる日まで、ネリサと二人きりで、祈りと黙想に日々を明け暮れしようと。ここから二マイルばかり離れたところに僧院があります、そこにおこもりするつもりです……頼みます、とめないで、あなたのおためにもなること、それに、ほかにもさしせまったことがあるのです。

ロレンゾー　（頭をさげ）承知しました――お言いつけとあらば、すべてはお心のままに。

ポーシャ　家のものはもう私の考えを知っています。あなたとジェシカを、バサーニオーと私の代りと心得てお仕えするでしょう……では、御機嫌《ごきげん》よう、またお目にかかるまで。

ロレンゾー　つつがなく、よき日々を！

ジェシカ　満ちたらい、お心やすらかに！

ポーシャ　ありがとう、今のお言葉、そのままあなたがたにも。さようなら、ジェシカ……（ジェシカとロレンゾーが出て行くのを見送って）さあ、バルサザー、いつも忠実だったお前、いまこそ、そういうお前を見せておくれ……この手紙をもって、大至急、パデュアまで行っておくれ。そして、それを間違いなく従兄《いとこ》のベラーリオー博士の手にお渡ししておくれ。それから、いいかい、博士は書類や衣服をくださるから、それを受けとったら、矢よりも早く渡し場へ、そら、あのヴェニス通いの船が出る渡しのところまで持って来るのだよ……さ、もう何も言わないで、すぐ出かけて。私は一足さきに、そこで待っています。

バルサザー　はい、そうと承れば、精一杯、急いで行ってまいります。（退場）

ポーシャ　さあ、ネリサ——私には、まだしなければならないことがある、お前には言ってないけれど。二人ともこれから旦那様に会いに出かけるのだよ、向うにはそれと知られずに！

ネリサ　あちらの目にふれないようにでございますか？

ポーシャ　いいえ、堂々と。でも、変装して、つまり、私たちには生れつき無いものが、まるで有るかのように思いこませてしまえばいいわけ……なんでも賭《か》けよう、若い男の服を着たら、きっと私のほうが美男に見える、短剣の吊《つ》りかた一つにしても、ずっと粋《いき》だもの。声変り時の少年よろしく、かすれ声で喋って見せる。気どった小刻みな歩きかたはやめて、男らしく大股《おおまた》に歩く。喧嘩《けんか》の話だってしてみせるとも、ちょっと男ぶりのいい若者が、よく自慢話にしているだろう。それから、手のこんだ嘘《うそ》もついて見せなければ。いかにやんごとなき奥様方を恋いこがれさせたことか、それを撥《は》ねつけて、おかげで相手は病気となり、とうとうみんな死んでしまった——この私には、どうにもしてあげられなかったのだもの！　でも、そのあとで後悔して見せて、それにしても、死なせたくはなかったのだが、と溜息をついてやろう。まだいくらでもある、その程度の青臭い嘘なら、いくらでも喋れる。それを聞いて、みんな言うだろう、学校をやめてから一年以上にはなるだろうって……この頭のなかには、そんな大口たたきの腕白どもが思いつくやぼな趣向は山ほどあるのだよ、どうしてもそれを使って見せなければ。
ネリサ　まあ、私たち、男にさせられるのでございますか？
ポーシャ　呆《あき》れた、何を言いだすやら、そばに意地の悪い人がいたら、変にとられるじゃないか……とにかく、あとでゆっくり話してあげる、私の計画を、馬車のなかでね、さっきから待っているのだよ、庭の門のところで。さあ、急いでおくれ、今日中に二十マイルはとばさなければいけないのだから。（二人、急ぎ退場）

〔第三幕　第五場〕

17

ポーシャの家に通じる並木道
両側は草の盛土、芝生になっていて、糸杉が並んでいる。
ランスロットとジェシカが話しながら登場。

ランスロット　そうだ、そのとおりですよ、よく言うことだが、親の因果が子に報い——そこだ、心配しているのは。私はこれまでいつも思ったとおりのことを申しあげてきました。今だって同じだ、熟慮なしに言わせてもらいますよ。だから、まあ、元気を出すことだ、地獄落ちはたしかなのですからね。今のところ、望みは一つしかない、それも戸籍に載せられるほど歴《れっき》としたものではありませんがね。
ジェシカ　その望みというのは、どんなこと？
ランスロット　そこですよ、つまり、ひょっとすると、あれはあなたの親父《おやじ》さんではないかもしれない、そうすれば、あなたはユダヤ人の子ではなくなるということだ。
ジェシカ　そういう望みでは、たしかに戸籍に載せられないはずだわ！　怪しいのは母親、それで、親の因果が子に報い、というわけね。
ランスロット　それ、それ、だから、心配なのですよ、御丁寧にも二重の地獄落ちだ、親父とおふくろのためにね。かくして、前門の狼《おおかみ》、親父を避くれば、後門に虎《とら》のおふくろあり、さてさて、どのみち助りませんな。
ジェシカ　夫が助けてくれるでしょう――あの人のおかげでクリスト教徒になれたのだもの。
ランスロット　そのとおりですよ、ますますもって罪深き御主人かな。もともとクリスト教徒は多すぎましてね、とても一緒には食ってゆけないくらいだ……このうえクリスト教徒をこしらえられたのでは、豚の値段があがるばかりですよ――誰もかれもが豚を食いだしてごらんなさい、いくら金をだしてもベイコン一切れ拝めない御時勢に、いつなるか知れたものではありませんからね。

家のなかからロレンゾーが出て来る。

ジェシカ　言いつけますよ、ランスロット、いまお前の言ったこと――そら、いらした。

ロレンゾー　おれもそろそろ焼きもち焼きかねないぞ、ランスロット、そうして女房をそっと連れだしたりなどして。

ジェシカ　いいえ、ロレンゾー、心配御無用。ランスロットとあたしは喧嘩していたの。この人、あからさまに言うの、あたしは天国に行けない、ユダヤ人の子だからって。おまけに、こう言ったわ、あなたにはヴェニス市民の資格がない、なぜって、ユダヤ人をクリスト教徒に改宗させて豚肉の値段を釣《つ》りあげるからですって。

ロレンゾー　その点、ぼくのほうがまだ市民として責任がとれるというものさ、そうだろう、ランスロット、お前がニグロ娘の腹を大きくさせたのにくらべればな。あの黒坊の腹の子、相手はたしかにお前だね。

ランスロット　そいつはまさに腹切りものですな、黒坊が赤坊をはらんだなどというのは。だが、さすがに腹までは黒くないと解《わか》れば、こちらとしても腹はたちませんや。

ロレンゾー　感心したよ、阿呆《あほう》にかぎって駄洒落《だじゃれ》がうまい！　この分では、やがて賢者最高の美徳は黙して語らざるにあり、喋ってほめられるのは鸚鵡《おうむ》のみという時代がこよう……さ、行け――食事の支度をするように言ってくれ。

ランスロット　食う支度なら、とうに出来ております、はい――つまり、一同、腹ぺこだ。

ロレンゾー　どうしたらいいのだ、あげ足ばかりとりやがる！　それなら、食事を用意しろと言ってくれ。

ランスロット　それも出来ています、はい――ただ一言「出せ」とおっしゃれば、それでいいので。

ロレンゾー　それなら、お前、ひとつ、出してみてくれないか？

ランスロット　とんでもない、旦那様、そんなことは出来ません、なんぼなんでも旦那様の前に――これでも、私、礼儀は心得ておりますつもりで。

ロレンゾー　まだ絡《から》む気か！　智慧《ちえ》の全財産を一どきに並べて見せる気かね？　単純な男が単純にものを言っているのだ、頼むからまともに受けとってくれ。さあ、みんなに伝えるのだ、食卓にきれを掛け、料理を出すようにとな。そしたら、すぐ行く。

ランスロット　はい、食卓は出させておきましょう——料理はきれを掛けさせておきましょう——さて、お出《い》でのほうは、はい、旦那様、いつ何時なりとも、御気分次第ということに。（家に入る）

ロレンゾー　どうして大した智慧だ、いうことをちゃんと心得ている！　あの阿呆、気のきいた言葉をしこたま頭のなかに仕込んであるのだ。おれも随分いろんな阿呆を知っているが、あれより身分のいい、お抱えの道化師だってやはり同じ端《は》切《ぎ》れ細工さ。あるのは言葉の遊びだけ、中味はまったく空っぽなのだよ……ジェシカ、どうしたね？　ところで、ひとつ意見を聞かせてもらおうではないか、どう思う、気に入ったかい、あのバサーニオーの奥様は？

ジェシカ　口では言えないほど。どうしたって、バサーニオー様、品行をお慎みにならなければ。あんないい方をお引きあてになるなんて、この世で天国のしあわせを味わうようなものですもの。この世でそれだけのことをしておかないと、理の当然、天国の門はくぐれません！　そうですとも、もし二人の神様が天国で勝負事をなさったとする、そしてそれぞれこの世の生きた女をお賭けになる、その一人がポーシャ、そしたら、相手のほうには何か添えものを付けなければ。だって、このお粗末な世のなかに、あの人と張りあえる女は一人もいませんもの。

ロレンゾー　夫だって同じさ、きみの場合、そのぼくが一級品、まさにポーシャの妻におけるがごとしだ。
ジェシカ　待って、その前に、あたしの意見も言わせてちょうだい。
ロレンゾー　どうぞ、すぐにも——だが、それよりまず食事を。
ジェシカ　お待ちになって、それより、あなたを褒《ほ》めさせてちょうだい、せっかくその気になったのですもの。
ロレンゾー　いいや、その気は食べながら満してもらおう——そうすれば、きみが何を言おうと、ほかの料理と一緒に、かたはしから胃の腑《ふ》におさめてしまおうというわけさ。
ジェシカ　そうね、では、精々大盤ふるまいとゆきましょう。（二人、家に入る）

〔Ⅳ－1〕18

18

〔第四幕　第一場〕

ヴェニスの法廷

正面、高い所に立派な大椅子《おおいす》があり、その両側に三つずつの低い椅子が並んでいる。手前に書記や弁護士の机、等々。

アントーニオー（縄《なわ》つき）、バサーニオー、グラシャーノー、ソレイニオー、その他、役人、書記、侍者、多数の傍聴人。幕が開くと、白衣の公爵《こうしゃく》と紅衣の元老六名とが、おごそかに登場、席につく。

公爵　アントーニオーは出廷しているか？

アントーニオー　ここにおります。

公爵　気の毒だな――お前をここに引出した当の相手というのが、石のごとき冷血漢、人でなしの悪党だ。憐《あわれ》みを知らぬ、慈悲の心など、薬にしたくもない、そういう男だ。

アントーニオー　承るところによりますと、公爵には数々の御配慮、あの男の苛酷《かこく》なやり口をおさえようとお骨折りくださいましたとか。それにもかかわらず、相変らずの頑《かたく》なさ、しかも、法の定めるところ、その魔の手をのがれるよしもなく、このうえは、忍耐をもってかれの怒りに備え、平静を心の楯《たて》となし、その猛《たけ》り狂うあらしを忍びましょう。

公爵　誰か、あのユダヤ人を呼んで来るように。

ソレイニオー　戸口に控えているはず、それ、そこに。

公爵　開けてやれ、前に立たせるがよい。

人々はシャイロックのために道を開ける。シャイロック、公爵の前に立ち、礼をする。

公爵　シャイロック、世間ではこう取沙汰《とりざた》しているぞ、もちろん、この身もその一人だが。お前はただ残忍な敵役《かたきやく》を演じて見せているだけなのではないか、そうしておいて、いよいよ幕が降りようという瞬間、急に思いもかけぬ慈悲と憐憫《れんびん》を示すのではないか、同様、思いもかけぬ今の残忍な芝居と打って変ってな。なるほど、今は是が非でも罰金の支払を要求している。それもこの商人の肉一ポンドという。が、おそらくそんなかたは免除してやる気なのであろう。いや、そればかりではない、人情と愛に動かされ、元金の一部も許してやろうと言うのであろう。つまり、この男の損失を同情の目をもって見てやるということだ。それも、このところ重ね重ねの打撃、いかに貿易王と言われる身でも動きがとれまい。誰しも惻隠《そくいん》の情をかきたてられよう。たとえ鉄の胸、巌《いわお》の心臓といえども、いや、あの頑なトルコ人、韃靼《ダッタン》人の、思いやりを知らぬ心も、きっと情を強《し》いられよう……一同、かねがねお前のやさしい答えを心待ちにしているのだ。

シャイロック　あらかじめお伝えしておいたとおりにございます。それも聖安息日にかけての誓い、証文どおりのかたを頂戴《ちょうだい》いたしとうぞんじます。もし、ならぬと仰《おお》せになるなら、それこそ由々《ゆゆ》しき大事！　公爵様の権威もヴェニスの自由も、まったくわやとなりましょう。わけをいえとおっしゃる、なぜ腐れ肉一ポンドがほしさに三千ダカットを取らぬのか、そのお答えはいたしますまい！　ただ、私の気まぐれゆえに、そう申しあげたら、いかが、これでお答えになりましょうか？　どういうことになりますかな、家に鼠《ねずみ》が出て困るとなれば、たとえ一万ダカットかかってもいいから、そいつに一服もってもらいたい、そう私が申しましたら？　いかがなもので、これをお答えと認めていただけますかな？　人によっては、あのレモンを口にくわえた丸焼豚、そいつが厭《いや》だとおっしゃる。また人によっては、猫《ねこ》を見ると、気が違いそうになると言う。そうかと思えば、バッグ・パイプの鼻にかかった笛の音を聞いたら最後、小便の我慢が出来なくなる人もいるとか。なんにせよ、もって生れた性分にはかないませぬ、喜怒哀楽もこいつには頭が上らぬ、その意のままに好き嫌《きら》いの気分にもってゆかれますのでな。ところで、お答え申しあげるといたしましょう。いまの話のとおり、さしたる理由があって、口を開けた丸焼豚に我慢がならぬと言うのではない、あるいは有益無害の猫が、はたまた羅紗《ラシャ》張りのバッグ・パイプが気にくわぬと言うのではございませぬ。ただ抗《あらが》いがたい自然の力の趣くところ、おのずと恥ずべき反応を見せざるをえぬというわけで、はなはだはた迷惑な話だが、それよりなにより当人自身が大迷惑。同様、私にもなんとも理由は申しあげられませぬし、申しあげようとも思いませぬ、ただ深い憎しみと強い嫌悪《けんお》の情、それあるばかりに、こうしてアントーニオー相手に、みすみす得にもならぬ訴訟を起したのだと、そうとしか申しあげられませぬ！　以上、お答えとお認めいただけましょうかな？

バサーニオー　それが答えになるものか、この冷血漢め、きさまの残酷なやり口がそんなことで！

シャイロック　どう答えようと、お前さんの知ったことではあるまいが！

バサーニオー　気にくわぬ、だから殺してしまう、それでも人間か？

シャイロック　憎い、だから殺したくなる、人間なら誰しもそうだろうが？

バサーニオー　虫が好かぬからといって、すぐにそれが憎くなると言うのか！

シャイロック　ほう、お前さんは蝮《まむし》に二度さされたいと言うのかね？

アントーニオー　バサーニオー、相手はユダヤ人だ。渚《なぎさ》に立って、盛りあがる高潮に鎮《しず》まれと命じるようなものではないか。狼に向って、なぜ仔羊《こひつじ》を食い殺して牝羊《めひつじ》を泣かせたかと問うても仕方はない。尾根の松を前にして、梢《こずえ》をゆるがすな、音をたてるな、そんな文句をつけてどうなるものか、相手は空吹く風に猛りたつばかりだ。どんな難しいことでも出来よう、あいつの心が柔げられるくらいなら――それより硬いものがあったら教えてくれ、このユダヤ人の心臓よりも。お願いだ、もう何も頼まぬがいい、どう手を尽しても無駄だ。このうえは、出来るだけ手っとり早く事務的にかたづけてもらいたい、ぼくには判決を、やつには復讐《ふくしゅう》を、ただそれだけだ。

バサーニオー　貸してくれた三千ダカット、それを六千にして返すと言うのだぞ。

シャイロック　その六千の一つ一つが六つに割れて、そのまた一つ一つが一ダカットに化けたとしても、そんなものを受けとるおれか、おれはただ証文に物を言わせたいのさ！

公爵　それで神の慈悲が望めると思うのか、人に慈悲を拒むものが？

シャイロック　どんなお裁きを恐れると思召《おぼしめ》す、身におぼえのないものが？　どなたもお邸《やしき》には奴隷《どれい》を飼っておいでになる。それを犬馬同様、いやしい仕事に使っておられる、金をだしてお買いになったものだからだ――それを横から私がこう申したらいかがなものかな、ひとつ奴《やっこ》さんたちを自由にしてやり、婿《むこ》に迎えて、跡をとらせておやりなさい？　奴さんたちは、なぜ汗水たらして重い荷をかつがなければいけないのだ？　その寝床も、御自分のと同様、柔くしてやったらよろしい。皿にも豪勢に同じ物を盛ったらいい。そう申しあげたら、なんとお答えなさる？　こうでございましょう、「奴隷はおれのものだ」とな。御同様、私もお答えいたしましょう……肉一ポンド、それが私の要求でございますが、もとをただせば高い金を出して買っている、つまり、私のものなのだ、だからきっと頂戴する。それを許さぬとおっしゃるなら、法律もへったくれもありはしない！　ヴェニスの掟《おきて》は有名無実ということになりましょう……ここは是が非でも、お裁きをお願いしたいところで。さ、お答えを——お願いできましょうか？

公爵　この身としては、力に訴えても、ひとまず閉廷を命じることができる。が、じつはベラーリオー博士の判断を仰ぎたいと思い、迎えを出してある。その博士が、今日、ここに見えるはずなのだ。

ソレイニオー　公爵、ただ今、門前に御使者が到着、博士の手紙を持参し、パデュアより馳《は》せつけたばかりとのことでございます。

公爵　その手紙をここへ。使者も呼び入れるがよい。

バサーニオー　元気をだしてくれ、アントーニオー！　いいか、がんばるのだ、最後まで。ユダヤ人め、このおれの肉を、血を、骨を、なんでもくれてやるぞ、ぼくのために、きみの血を一滴でも流させられるものか。（シャイロックは帯からナイフをはずし、しゃがんで靴《くつ》の踵《かかと》で研ぎはじめる）

アントーニオー　ぼくは群のなかの病める羊さ、人身御供《ひとみごくう》にはもってこいなのだ。木《こ》の実《み》も腐ったやつから地に落ちる。ぼくにもそうさせてくれ。バサーニオー、きみの役割は精々長生きをして、そうしてぼくのために墓碑銘を書いてくれることなのだ。

そこへネリサが書記の服装にて登場。

公爵 パデュアから来られたのだな、ベラーリオーの使者として?

ネリサ (礼をして)はい、そのとおりにございます。ベラーリオー博士よりよろしくとの御伝言でございました。(そういって、手紙をだす。公爵、封を切って読む)

バサーニオー シャイロック、どうする気だ、ばかに精をだしてナイフを研いでいるではないか?

シャイロック かたを切りとる気よ、その落ちぶれの体からな。

グラシャーノー 靴の革よりは、欲の皮で研げ、この人でなし、そのほうがよく切れるぞ。だが、どんな鋼《はがね》も、いや、首斬《くびきり》役人の斧《おの》だって、きさまの凄《すさま》じい執念のねた刃《ば》ほどには切れはしまい。どんな哀訴歎願《たんがん》もその胸を通さぬというのだな?

シャイロック だめよ、どうお前さんの智慧をふりしぼったところで、そんなものではな。

グラシャーノー ええい、地獄に落ちろ、この畜生め! きさまのようなやつを生かしておくようでは、法律が悪いのだ！　きさまのおかげで、おれの信心もぐらつきだした。ピタゴラスの言いぐさではないが、獣の魂が人間の体にもぐずりこむこともあるらしい。その見さげはてた根性は、昔は狼《おおかみ》のなかに宿っていたものに違いない。その狼、人間様を食い殺して、その仇《あだ》に首を絞められたのだ。兇悪無慙《きょうあくむざん》のその魂が、絞《こう》首台《しゅだい》からするりと脱《ぬ》けだし、まだおふくろの胎《はら》のなかで眠っていたきさまの体にもぐずりこんだというわけだ。見ろ、きさまの欲の深いこと、狼さながら、血に飢えて飽くことを知らぬではないか。

シャイロック　そうやってどなり散らして判こが消えるなら何よりだが、その大声では、そのうち肺のほうが参ってしまおうぜ。それより、お若いの、今のうち精々智慧袋の修繕をしておくことだ。さもないと、もう直しもきかなくなってしまうからな……おれは是が非でも法の適用を願うとしよう。

公爵　この手紙によると、ベラーリオー博士は若い博学の士をこの法廷に推薦するとある。その方はどこにおられる？

ネリサ　すぐそこに、お許しのお言葉を待っておいでてございます。

公爵　喜んでお迎えしよう。誰か三、四人、その方をここへお連れするよう。（侍者、数人、礼をして去る）その間に、ベラーリオー博士からの手紙を読みあげることにする。

「御書面落掌、残念ながら病床にて拝見いたしました。たまたま御使者と同時に、ローマのさる少壮学徒、バルサザーと申す者、遊びがてら来訪せしゆえ、お申越しのユダヤ人、アントーニオー、両人に関《かかわ》る事件の経緯《いきさつ》、早速、同人に話して、協議研究した次第です。同人、小生の意見は承知ずみであり、それを補うにたる博識たるや、改めて賞讃《しょうさん》の辞に窮するものあり、さいわい小生の請《こ》いを容《い》れ、代って御依頼に応じくれる由《よし》。年少のゆえをもって決して軽んじられることなきよう。若年にしてかほどの老熟、その比を見ず、なにとぞ御引見いただきたく、いずれ事実をもって小生の讃辞を裏書いたしましょう」聴いたとおり、以上がベラーリオー博士の手紙だ。

そのときポーシャがはいってくる。法学博士の服装、書物を手にしている。

公爵　おお、あれだな、その博士にちがいない……どうぞお手を。ベラーリオー先生のところからお見えになったのですな？

ポーシャ　仰せのとおりにございます。

公爵　ようこそ。どうぞお席に……

侍者がポーシャを公爵のそばの席に導く。

公爵　知っておられような、目下、この法廷で係争中の事件の争点については？

ポーシャ　委細うけたまわっております。その商人というのは？　どちらがユダヤ人で？

公爵　アントーニオー、シャイロック、二人とも前に出るように。（両人前に進み出て、公爵に礼をする）

ポーシャ　お前がシャイロックか？

シャイロック　はい、シャイロックにございます。

ポーシャ　奇妙なものではあるが、お前の要求は一応、筋が通っている。とすれば、ヴェニスの法律はお前のやり口を咎《とが》めるわけにはゆかない……そうなると、お前はこの男に生殺与奪の権をにぎられているわけだな？

アントーニオー　は、この男はそのように主張しております。

ポーシャ　では、証文を認めるのだな？

アントーニオー　認めます。

ポーシャ　あとはユダヤ人の慈悲を待とう。

シャイロック　どういう義理で、私が？　訳をおっしゃってくださいまし。

ポーシャ　慈悲は強《し》いらるべきものではない。恵みの雨のごとく、天よりこの下界に降りそそぐもの。そこには二重の福がある。与えるものも受けるものも、共にその福を得る。これこそ、最も大いなるものの持ちうる最も大いなるもの、王者にとって王冠よりもふさわしき徴《しるし》となろう。手に持つ笏《しゃく》は仮の世の権力を示すにすぎぬ。畏怖《いふ》と尊厳の標識でしかない。そこに在るのは王にたいする恐れだけだ。が、慈悲はこの笏の治める世界を超え、王たるものの心のうちに座を占める。いわば神そのものの表象だ。単なる地上の権力が神のそれに近づくのも、その慈悲が正義に風味を添えればこそ。とすれば、シャイロック、なるほど、お前の主張は正しいが、そこを考えてみてはどうかな、正義の一本槍《いっぽんやり》では、われわれ一人として救いに与《あずか》るものはない。祈りにも慈悲を口にする、その慈悲を求める祈りそのものが、人にも慈悲をほどこせと教えているのだ……話はくどくなったが、それもつまりは、お前の正義の主張を柔げたいと思えばこそ、もしどうしてもそのとおりにということになれば、峻厳《しゅんげん》なるこのヴェニスの法廷は、その商人に不利な判決をくだすほか仕方はあるまい。

シャイロック　自分のすることだ、唾《つば》は自分の頭で受けとめる！　さあ、お裁きをお願い申しあげます、証文どおりのかたを。

ポーシャ　この男には返済の能力がないのだな？

バサーニオー　いえ、ございます。私が、すぐこの場で支払うと申しているのです、それどころか、二倍にして返すと。それでも不足と言うなら、十倍でもいい、きっと払ってみせる。もし出来なかったら、私の手を切りとってもいい、頭でも心臓でもやると申しているのでございます。それでも足りぬと言うなら、公正よばわりは表向きのこと、なにか悪意があるに相違ありません……（手を挙げて膝《ひざ》まずき）お願いでございます、今度だけは権力に訴えても法を曲げてくださいますよう――大きな善のためには小さな悪もやむをえませぬ、この残酷な悪魔を手も足も出ぬようにしてやってくださいまし。

ポーシャ　それは許されぬ、ヴェニスのいかなる権力も、定《さだま》れる掟《おきて》を動かすことはできない。それが前例として記録に残されようものなら、のちに、それを楯《たて》として次々に乱れが生じ、国を誤るもととなろう。到底出来ぬことだ。

シャイロック　名判官《ほうがん》ダニエル様の再来だ、まったくだ、ダニエル様だ！（ポーシャの衣の裾《すそ》に接吻《せっぷん》する）おお、裁判官様、お年に似あわぬ御分別、シャイロック、心からお見あげ申します！

ポーシャ　ひとつ、証文を見せてもらおう。

シャイロック　（すばやく懐中から紙片を取りだし）これでございます、博士様、これがそれで。

ポーシャ　（紙片を受けとり）シャイロック、承知しているな、この三倍の金を返すと言っているのだぞ。

シャイロック　誓いを、誓いが、天に誓いをいたしましたので。まさか、おのれの魂に偽証の罪を犯させろとは？　なりませぬ、たとえヴェニス全部を頂戴《ちょうだい》しましても、それればかりはなりませぬ。

ポーシャ　（紙片に眼《め》をとおし）たしかに証文の期限は切れている。シャイロックがこれを楯に要求していることは法的に正しい。この商人の心臓すれすれに一ポンドの肉を切りとるというわけだな……が、慈悲をかけてやれぬものか、三倍の金を受けとり、この私に証文を破らせてもらえないだろうか？

シャイロック　その主旨どおり払っていただければな……いや、お見うけしたところ、じつに立派な裁判官でいらっしゃる、法律をよくごぞんじだ、解釈の仕方も、どうして、しっかりしておいでだ。まずはその法に準じて、つまり、あなた様こそその柱石とも申すべき法に基づいて、何はともあれ、お裁きをお願いいたしとうございます。おのれの魂にかけて誓いましょう、いかなる人の舌も私の決心を変える力を持ってはおりませぬ。あくまで証文どおりにお願いいたします。

アントーニオー　私からも申しあげます、どうぞお裁きを。

ポーシャ　そうか、では、やむをえない。お前はその胸に刃《やいば》を覚悟せねばならぬのだぞ。

シャイロック　おお、裁判官様、公明正大なお方だ！　お若いに似あわず偉いお方だ！

ポーシャ　仕方はあるまい、法の条文に照して、要求の科料、すなわち、この証文に指定してあるかたは、十分に正当なものと認められる。

シャイロック　そのとおりでございますとも。おお、分別の権化《ごんげ》、正義の身方、まったく立派な裁判官様だ！　お見うけするより、ずっと老熟しておいでになる！

ポーシャ　では、胸をあけるように。

シャイロック　さよう、その胸だ、証文にそうある、そうでございましょう、裁判官様？　「心臓すれすれに」はっきりそう書いてある。

ポーシャ　そのとおりだ。秤《はかり》はあるのか、肉の目方をはからねばなるまい？

シャイロック　ちゃんと用意してございます。（上衣《うわぎ》を開け秤をとりだす）

ポーシャ　シャイロック、外科医を呼んでおけ、お前の費用でな、傷口の手当てをしないと、出血のため死ぬかもしれぬ。

シャイロック　そのことは証文に書いてございますかな？　（紙片を取り、調べる）

ポーシャ　そうは書いてない。それなら、どうだと言うのだ？　そのくらいの情はあたりまえのことと思う。

シャイロック　ございませんな、証文にはない。（紙片をポーシャに返す）

ポーシャ　アントーニオー、なにか言い残すことはないか？

アントーニオー　べつにありません。覚悟はしておりました。手をくれ、バサーニオー、さようなら！　きみのためにこんなことになったからといって、歎《なげ》かないでくれ。運命の神としては、これでも、いつもよりは思いやりがあるほうだ。いつもの伝なら、破産した男をなおも生かしておいて、凹《へこ》んだ眼、皺《しわ》だらけの額、寄る年波に貧苦をなめさせる。そのいつ果てるとも知れぬみじめな苦しみだけは勘弁してくれたのだからな……（バサーニオーと抱きあう）奥さんによろしく言ってくれ。アントーニオーの最《さい》期《ご》の様を伝え、ぼくがどんなにきみのことを思っていたか、せいぜいよく話してくれることだ。そのあとで、ひとつ奥さんに裁判官になってもらって裁きをつけてもらうがいい、はたしてバサーニオーには親友がなかったかどうか……きみが友達を失うのを悲しんでくれさえすれば、その男は少しも悲しいとは思うまい、きみの負債のために身を捨てることなどは……そうなのだ、あのユダヤ人の刃が少しでも深くこの胸にささされば、文字どおり心をこめて、きみの負債が償えるというものさ。

バサーニオー　アントーニオー、ぼくには妻がある、ぼくの命にひとしい貴重な存在だ。が、その命も、妻も、いや、この全世界も、今のぼくには、きみの命ほどに尊くはない。そのすべてを失ってもいい、そうとも、なにもかもこの悪魔にくれてやる、きみの命が救えるものなら。

ポーシャ　奥さんはあまりうれしくはないでしょうな、もしここにいらして、その話をお耳にされたとしたら。

グラシャーノー　ぼくにも妻がいる、もちろん愛してもいる――でも、死んでもらいたい、それでもし天国へ行けて、神様にでも会って、この畜生の根性を変えるように頼めるものなら。

ネリサ　そういうことは、奥さんのおいでにならぬときにおっしゃったほうがよろしい、さもないと一荒れまいりましょうからな。

シャイロック　（傍白）みんなこうなのだ、クリスト教徒の亭主というやつは！　おれにも娘がいる――どうせ嫁にやるなら、いっそあの盗人《ぬすっと》のバラバの子孫のほうがいい、こんなクリスト教徒よりはな……（声高く）時間の無駄《むだ》だ、お願いでございます、一刻も早く御判決を。

ポーシャ　この商人の肉一ポンドはお前のものである、当法廷はそれを許す。国法がそれを与えるのだ。

シャイロック　公正このうえなき裁判官様！

ポーシャ　したがって、お前は、その男の胸を切りとらねばならぬ。法律が認め、当法廷がそれを許す。

シャイロック　博学このうえなき裁判官様——判決が下ったのだ——さあ、用意をしろ。（ナイフを逆手にアントーニオーに近づく）

ポーシャ　待て、まだあとがある。この証文によれば、血は一滴も許されていないない——文面にははっきり「一ポンドの肉」とある。よろしい、証文のとおりにするがよい、憎い男の肉を切りとるがよい。ただし、そのさい、クリスト教徒の血を一滴でも流したなら、お前の土地も財産も、ヴェニスの法律にしたがい、国庫に没収する。

グラシャーノー　おお、正義の権化、まったく立派な裁判官だ！——おい、聞いたか、ユダヤ人——おお、博学このうえなき裁判官様！

シャイロック　それが法律でございますか？

ポーシャ　（本を開いて）自分でこの条文を見るがよい。ひとえに正義を求めたのはお前だ、よいか、それゆえ、ここに、お前の欲する以上の正義を取らせようと言うのだ。

グラシャーノー　おお、博学多識の裁判官様！——聞いたか、ユダヤ人——博学多識の裁判官様！

シャイロック それなら相手の申出に応じましょう――証文の三倍はらえば、このクリスト教徒を助けてやる。

バサーニオー さあ、これが金だ。

ポーシャ 待て！ このユダヤ人に必要なのはただ正義だけだ――待て、急ぐには及ばぬ――この男には証文のかた以外なにもやってはならぬ。

グラシャーノー おい、ユダヤ人！ 正義の権化、博学多識の裁判官様だ！

ポーシャ さあ、肉を切りとるがよい。血を流してはならぬぞ、また、多少を問わず目方の狂いは許さぬ、きっかり一ポンドだ。たとえわずかでも、それが重すぎたり軽すぎたりしたばあい、一分の差にもせよ、あるいは一分の二十分の一の差でも、いや、髪の毛一本の違いで秤が傾いても、そのときは、命は無きもの、財産は没収と覚悟するがよい。

グラシャーノー 第二のダニエル様だ、名判官ダニエル様の再来だ、なあ、ユダヤ人！ おい、不信心者、見ろ、風向きが変ったぞ。

ポーシャ どうしたのだ、シャイロック、なにを考えている？ 早くお前のかたを取るがよい。

シャイロック　元だけ返していただき、ここは引き退《さが》ることにいたしましょう。
バサーニオー　用意は出来ている、さあ、これだ。
ポーシャ　この男は公然とこの法廷でそれを拒絶したのだ。ただ正義を与え、証文に物を言わせるがよい。
グラシャーノー　名判官ダニエル様、言ったとおりだ、第二のダニエル様！　お礼を言うぜ、ユダヤ人、いい言葉を教えてくれたな。
シャイロック　元だけでも取ってはならぬとおっしゃるのですか？
ポーシャ　かた以外、なにもやるわけにはゆかぬ、それも命がけだぞ、シャイロック。
シャイロック　畜生、勝手にしろ！　こんな愚にもつかぬ問答、いつまで相手になっていられるものかい。（出て行こうとする）
ポーシャ　待て、シャイロック。当法廷はまだお前に用がある……（本を読んで聴かせる）ヴェニスは法律により、かく規定する。ヴェニス市民に非《あら》ざる者にして、市民の生命に危害を加えんともくろみしこと明白になりたる場合は、その企図の直接なると間接なるとを問わず、危害を加えられんとしたる側において、相手の財産の一半を取得し、他の一半は国庫の臨時収入として没収する。かつ罪人の生死は公爵《こうしゃく》の裁量に委《ゆだ》ねらるべきものとし、何人《なんぴと》もこれに容喙《ようかい》することを得ず……（本を閉じる）現在のお前の立場がこれに該当する。なぜなら、お前の行為が明白にそれを示しているからだ。すなわち、お前は間接に、いや、直接にも、被告の生命に危害を加えようともくろみ、ただいま読んで聴かせたごとき罪科をわれとわが身に招いたのである……坐《すわ》れ、よいか、あとは公爵の慈悲を頼むほかはない。

グラシャーノー　お頼みしてみろ、首をくくることを許してくださるようにな。とはいうものの、財産は国庫に没収ときたのでは、縄《なわ》一本買う金もなし、ここはどうでも官費でしめてもらうよりしようがないぜ。

公爵　シャイロック、お前たちとの心の違いを見せてやろう、命は助けてやる、頼まれずともな。財産の一半は、たしかにアントーニオーの所有とする——他の一半は国庫に入れるが、あるいは格別の情をもって罰金に減刑してやらぬでもない。

ポーシャ　さよう、国庫の分についてはな、アントーニオーの分は別だぞ。

シャイロック　いいや、命でも何でも取るがいい、お情は要りませぬ。家をとりあげるのも同じことだ、家を支える親柱を取りあげるというのだから。命を取りあげるも同じことでございます、命をつなぐ財産を取りあげるとおっしゃるのだから。

ポーシャ　アントーニオー、お前にも何か慈悲の用意があるか？

グラシャーノー　首つり縄の無代進呈——それだけさ。

〔Ⅳ－１〕18

アントーニオー　公爵、および御一同にお願いいたします。この男の財産の一半にたいする罰金も、免じてやってくだされば何よりとぞんじます。他の半分は私がしばらくお預りしておいて、老人の死後、ある男に、と申しますのは、さきごろ老人から娘を奪った男の手に譲りたいと考えております……なお条件が二つあります、こうして許してやる代りに、老人はただちにクリスト教徒に改宗すること、それから、今、この法廷で、財産譲渡の証書を書くこと、すなわち、死後の財産はすべて婿《むこ》のロレンゾーと娘の所有に帰すべしと一札いれることであります。

公爵　そうさせよう。それがいやだと言うなら、この特赦も即刻、取消しにする。

ポーシャ　それでよいか、シャイロック？　何か言うことがあるか？

シャイロック　それでよろしゅうございます。

ポーシャ　（ネリサに）書記は譲渡の証書を作成しておくように。

シャイロック　これで帰らせていただきとうぞんじます。気分がすぐれませぬので。証書のほうは送ってくだされば、いつでも署名いたします。

公爵　帰ってよろしい。が、そのとおりにするのだぞ。

グラシャーノー　洗礼のときは、神父は二人だぞ――だが、おれが裁判官だったら、陪審員なみにもう十人ふやしの十二人で、絞首台《こうしゅだい》に送りとどけてやるところだ、洗礼

盤とはなまやさしい。(シャイロック、罵声《ばせい》のなかをよろめきながら退場)

公爵　(立ちあがり)ぜひとも食事にお招きしたいのだが。

ポーシャ　心苦しい次第ですが、それはお許しいただきとうございます。今夜はパデュアに参らねばなりませんので。今すぐ立ったほうがよいかとぞんじます。

公爵　お暇がないとは、まことに残念だ……(壇を降り)アントーニオー、お前はこの方に礼をしなければならぬぞ。測り知られぬ恩を蒙《こうむ》ったのだからな。(公爵、元老たちの一行、退場。その他の人々も姿を消す)

バサーニオー　お礼の申しあげようもございません。私も友達も、今日はあなたのおかげで、ともども虎口《ここう》を脱することができました。そのお返しに、ユダヤ人に渡すはずだったこの三千ダカットをお贈りし、お骨折りにお報いしたいとぞんじます。

アントーニオー　なお、御恩は忘れませぬ、生涯《しょうがい》、変らぬ敬愛のまことを捧《ささ》げましょう。

ポーシャ　最上の報いは満ちたりた心のうちにありましょう。お救いできて、私も満足、それだけで十分に報いられたと思います。私は報酬めあてに仕事をしたことのない人間です……(礼をして過ぎ)ふたたびお目にかかるようなことがありましたら、どうぞお見知りおきを。御機嫌《ごきげん》よう、失礼いたします。

バサーニオー　（あとを追い）お待ちください。それなら、重ねてお願いしたいことがあります。何か私たちの記念にお納めください、報酬ではなく、贈物を。まず、二つのことをお許しいただきたい、お断りにならぬことと、その失礼を許してくださることと。

ポーシャ　（戸口で）そうまでおっしゃるなら、お言葉どおりにいたしましょう。どうぞ、その手袋を。あなたの憶出《おもいで》に使わせていただきたいのです。（脱いだ手袋を受けとり、指輪に目をつけ）それから、もうひとつ、愛のために、この指輪を頂戴いたしましょう――お手をお引きにならぬよう――もうほかにねだりはいたしませぬ。愛の名にかけて、まさかおいやとはおっしゃいますまい？

バサーニオー　この指輪は、その――じつは廉物《やすもの》でして――このようなものをさしあげては恥になります。

ポーシャ　ほかには何もほしくはございませぬ、これだけなのです。いや、どういうものか、むやみにほしくなりだしました。

バサーニオー　正直の話、これには曰《いわ》くがありまして、値いの問題ではございません。ヴェニスで最高の指輪をお贈りすることにして、早速、広告をだしましょう。ただこれだけは、どうぞお許しくださいますよう。

ポーシャ　なるほど、あなたはお口だけは大層、気まえのよいお方とお見うけしました。さきには手をだせと教えてくださった。そして、今度は、どうやら、お教えくださるおつもりらしい、手をだした乞食《こじき》がどういう扱いを受けるかを。

バサーニオー　待ってください。この指輪は妻がくれたものなのです。この指につけてくれるとき、私は誓わせられました、決して売りも譲りもなくしもせぬと。

ポーシャ　よく使われる口実ですね、人が物惜しみするときに。もし奥様が、気でもふれておいでになれば別の話、普通の方でしたら、私がこの指輪をいただくだけの働きをしたことをお聴きになれば、まさか手離したからといって、いつまであなたをお恨みにはなりますまい……では、おしあわせを祈ります！　（そういいすてて、さっと出て行く。ネリサがあとを追う）

アントーニオー　バサーニオー、その指輪をあげてくれ。あの人の働きを、ついでにぼくの友情も考えてみてくれないか、奥さんの言葉もあることだが。

バサーニオー　おい、グラシャーノー、追いかけてくれ。この指輪を渡し、出来たら、アントーニオーの家へ連れて来てくれないか――行け、急ぐのだぞ。（グラシャーノー、急いで去る）さあ、われわれも行こう。そして、あすの朝は一緒にベルモントへ飛びたつことにしよう。さあ、アントーニオー。（二人、退場）

〔第四幕 第二場〕

19

ヴェニス、法廷の前

ポーシャとネリサが法廷から出て来る。

ポーシャ （紙片を渡し）あのユダヤ人の家を探しだしておくれ。この証書を渡して署名をさせるのだよ。私たちは今夜ここをたって、旦那様方《だんなさまがた》より一足さきに帰っていよう。この証書を見たら、ロレンゾーはさぞかし大喜びするだろう。

グラシャーノーが法廷からとびだしてくる。

グラシャーノー ああ、いい塩梅《あんばい》に追いつけました。じつは主人バサーニオー儀、さらに考えました結果、ここにこの指輪を呈上いたし、是非とも御食事にお招きしたいと申しております。

ポーシャ それはお受けいたしかねます。指輪のほうはたしかにありがたく頂戴《ちょうだい》いたしましょう、その旨《むね》、よろしくお伝えください。それから、もう一つお願いがあるのですが、この若者にシャイロックの家をお教えくださるよう。
グラシャーノー　承知いたしました。
ネリサ　ちょっとお話が……（ポーシャを引離し）あたしもやってみましょう、主人の指輪が巻きあげられるかどうか。いつまでも身につけておくように誓わせたのですから。
ポーシャ　大丈夫、取れるよ。あとで夢中になって言いはるに決っている、やった相手は男なのだからって。でも、すぐ尻尾《しっぽ》をまかせてやれる、その尻尾をつかんでいるのだもの……行っておいで、大急ぎだよ。落ちあう場所は知っているだろうね。
ネリサ　（グラシャーノーのそばに行き）さあ、お手数ですが、その家まで御案内くださいませんか？（それぞれ退場）

〔第五幕　第一場〕

20

ベルモント、ポーシャの家に通じる並木道
夏の夜、雲間に月が見える。
木《こ》の下道をロレンゾーとジェシカがゆっくり歩いてくる。

ロレンゾー　月が照り輝いている……きっとこんな夜だった、かぐわしい風が樹々《きぎ》に口づけしながら、音もたてずに吹き過ぎる、そんな夜だったにちがいない、あのトロイラスがトロイの城壁に立って、切ない心の溜息《ためいき》を、ギリシャの陣営に、そのクレシダの枕辺《まくらべ》に、そっと送ってよこしたのは。

ジェシカ　きっとこんな夜だった、あのシスビーが恐る恐る夜露をふんで、恋する男に逢《あ》いに行き、ライオンの影におびえて逃げ帰ったのも。

ロレンゾー　きっとこんな夜だった、ダイドーが荒海の岸辺に立って、柳の小枝をふりながら、去った恋人をふたたびカルタゴに呼びもどそうとしたのも。

ジェシカ　きっとこんな夜だった、あのメーディアがあの老いたるイースンを若返らせるため、魔法の薬草を集め歩いたのも。

ロレンゾー　きっとこんな夜だった、あのジェシカという娘が、その父親の金持のユダヤ人の目をかすめ、ろくでなしの恋人と手を組んでヴェニスを逃げだし、ベルモントくんだりまで落ち延びてきたのは。

ジェシカ　きっとこんな夜だった、ロレンゾーという若者が、お前が好きだと、愛の誓いをまきちらし、嘘《うそ》八百の出まかせで、その娘の心を盗みとったのは。

ロレンゾー　きっとこんな夜だった、そのかわいいジェシカが、見よう見まねのじゃじゃ馬ぶり！　恋しい男に嚙《か》みつくのを、男が黙って聴いていたのは。
ジェシカ　こんな夜ごっこなら、負けなくてよ、邪魔さえはいらなければ。でも、そら、足音が聞える。

ステファーノーが駈《か》けこんで来る。

ロレンゾー　誰だ、そんなに慌《あわ》てて、夜もふけたというのに。
ステファーノー　お仲間で。
ロレンゾー　お仲間！　どういう仲間だ？　名前を言え。
ステファーノー　ステファーノーと申します。奥様のおことづてでございます。夜の明けぬうちに、このベルモントにおもどりあそばします由《よし》――ただ今、お帰りの道すがら、十字架めぐりをなさり、新しい御生活のかどでに幸福を祈っておいでになります。
ロレンゾー　誰かお連れは？
ステファーノー　どなたも。ただ僧侶《そうりょ》がお一人、それからお次の者と……おたずねいたしますが、旦那様はもうおもどりでいらっしゃいましょうか？

ロレンゾー　まだだ、それにお便りもぜんぜんない。とにかく家にはいろう、ジェシカ、奥様をお迎えする準備をしなければ。

遠くで呼び声がして、ランスロットが現れる。

ランスロット　おおい、おおい……うおう、はあ、ほう、おおい、おおい！

ロレンゾー　誰だ、あの声は？

ランスロット　(並木を縫いながら駈けこんでくる) おおい！　ロレンゾー様はどこだ？　ロレンゾー様？　おおい、おおい！

ロレンゾー　おい、喚《わめ》くのはよせ——ここだ！

ランスロット　おおい！　どこだ？　どこにいる？

ロレンゾー　ここだよ！

ランスロット　ロレンゾー様に伝えてくれ、旦那様から飛脚だ、角笛の音にのっかって、いい便りが一杯まいこんだってな。旦那様は朝までに御帰館だとさ。(駈け去る)

ロレンゾー　ジェシカ、さ、はいろう。御帰館を待つのだ。いや、構いはしない、はいることはあるまい？　ステファーノー、きみに頼もう、家のものに、奥様はもうすぐお帰りだと伝えてくれ。それから楽隊の連中に外へ出るようにとな。(ステファーノー、家に入る）なんてきれいなのだろう、月の光が堤に眠っている！　ここに腰をおろして、忍びよる楽の音に耳を傾けていよう――しっとりとした静けさ、そしてこの夜のとばり、快い楽の調べにふさわしい……（腰をおろし）お坐り、ジェシカ。ごらん、空を、まるで広い床《ゆか》のようだ、黄金の小皿をびっしりはめこんで。それ、そうしてお前の眼《め》に映るどんな小さな星だって、空をぐるぐる廻《まわ》りながら、みんな天使のように歌をうたっているのだよ、あの澄んだ瞳《ひとみ》の幼いケルビムたちに声を合わせて。そうなのだ、あの幼子《おさなご》たちの永遠の魂は快い楽の音で溢《あふ》れている！　だが、ぼくたちの魂はこのいずれ朽ちはてる塵泥《ちりひじ》の肉の衣に蔽《おお》われて、いまはその音が聞えないのだ……

楽師たちが家から出て来て、樹立《こだ》ちの間に座を占める。戸は開け放たれたままで、そこから燈火《とうか》が洩《も》れている。

ロレンゾー　さあ、おい、月の女神ダイアナに讃歌《さんか》をささげ、女神の目をさましてくれ！　そのすばらしい妙《たえ》なる楽の調べが奥方ポーシャ殿の耳を貫くようにするのだ、それにのせられて家路を辿《たど》るように。（音楽、はじまる）

ジェシカ　あたし、音楽を聴いて、楽しくなったこと一度もない。

ロレンゾー　あまり心を使いすぎるからさ。ごらん、気ままに跳ねまわっている牛や馬の群を、生き生きした野放しの仔馬《こうま》を。みんな気ちがいのように駈け廻り、声をかぎり吠《ほ》え嘶《いなな》いている――もって生れた血のたぎり――それが自然というものさ――それが、たまたまトランペットの音を聞きでもしようものなら、いや、なんでもいい、音楽らしいものが耳にはいってこようものなら、まるで申し合わせでもしたように、急に動かなくなり、その目《ま》なざしからは荒々しさが消え、柔和なかげがのぞく。音楽の妙なる力がそこに働いているのだ。だから、詩人は歌っている、オルフェイスが木や石を、水の流れを動かしたと。どんな朴念仁《ぼくねんじん》でも聖人でも、またどんなに乱暴な男でも、音楽を聴いているときだけは心が改まる。おのれのうちに音楽をもたざる人間、美しい音の調和に心うごかぬ人間、そんなやつこそ謀反《むほん》、陰謀、破壊に向いているのだ。その魂の動きの鈍きこと闇夜《やみよ》のごとく、情感の流れの黒きこと黄泉《よみ》と境を接するエレボスのごとしだ。こういう人間を信用してはいけない……さあ、音楽をお聴き。

そのとき並木道をポーシャとネリサとが静かに近よってくる。

ポーシャ　あそこに見える灯《ひ》は家の広間のよ……あの小さな蠟燭《ろうそく》がこんな遠くまで光を投げてよこす！　それと同じ、善いおこないはこの汚《けが》れた世界に光を与えるのです。

ネリサ　月が出ているうちは、あの蠟燭も見えませんでしたが。
ポーシャ　そうして大きな光が小さな光を薄くする――代りのものが燦然《さんぜん》と光を放つのも束《つか》の間《ま》のこと、王様がお出ましになれば、その装いもたちまち空《むな》しくなりましょう。あの小川の流れがやがては大海原に吸いこまれるように……音楽だよ！　そら！
ネリサ　お家の楽隊でございます。
ポーシャ　なんでも場所柄《ばしょがら》だね――昼間よりはずっと上手に聞えるもの。
ネリサ　あたりが静かなせいでございましょう。
ポーシャ　烏《からす》の歌も雲雀《ひばり》に劣りはしないでしょう、背景のお膳《ぜん》だてをとりはらってしまえば。いくらナイチンゲイルでも、昼ひなか、があがあ喚く鵞鳥《がちょう》と一緒に歌を聴かせたら、精々みそさざいなみの歌い手としか思われないのではないかしら。大抵のものがそうなのだよ、季節季節の味つけで、本当の値うちも出るし、それで人にも喜ばれるというものなのだから……静かに、そら！　月の女神がエンディミオンのそばで眠ってしまった、起きそうもない。（音楽がやむ）
ロレンゾー　あの声は、空耳ではない、たしかにポーシャだ。
ポーシャ　私がわかったのよ、盲人が郭公鳥《かっこうどり》を聞きわけるように、声が悪いものだから。

ロレンゾー　これはようこそ、お帰りなさいまし。

ポーシャ　私たち、旦那様がたのおしあわせをお祈りしてきました、御無事でありますように、お祈りのおかげで、いやがうえにも……お帰りになりましたか？

ロレンゾー　まだでございます。でも、お使いの方が一足さきに見えました、やがてお着きとのことで。

ポーシャ　さあ、ネリサ、召使たちに言っておいておくれ、私たちが家をあけていたこと、みんな知らぬ顔をしているようにと――あなたもですよ、ロレンゾー――ジェシカ、あなたも。（トランペットの華やかな吹奏。並木道に沿って話声が聞えてくる）

ロレンゾー　御主人がお着きらしい、トランペットが聞えます。私たちはお喋《しゃべ》りではございません、奥様――御安心なさいますよう。

ポーシャ　なんだか、今夜は、ただ昼がわずらって、それで夜というだけのような。昼にしては、すこし蒼《あお》ざめた顔をしているけれど――でも、昼なのだ、きっと、お日様が隠れて見えない日だってあるもの。

バサーニオー、アントーニオー、グラシャーノー、その他、従者たちが登場。

バサーニオー　ぼくたちは昼のなかにいるのだよ、地球の向う側に棲《す》む人たちと同じにね、日は出なくても、あなたさえいてくれれば。

ポーシャ　お日さまならうれしいけれど、火はいや。だって旦那様がかわいそう、火遊び好きの奥様では、始終、台所にこもって水仕事ばかりさせられますもの。バサーニオーをそんな目に遭わせたくはありませぬ。でも、みんな神様の思召《おぼしめ》し……ようこそお帰りあそばしました、旦那様。（グラシャーノーとネリサは別になって話しこんでいる）

バサーニオー　ありがとう。さあ、友達にも御挨拶《あいさつ》を――これがその男だ、アントーニオーだよ、終生、恩は忘れられない。

ポーシャ　忘れてよいはずはありませぬ。だって、このお方は御自分のことをお忘れになってあなたのために尽してくださったのでございましょう。

アントーニオー　いや、大したことではありませぬ。それ、もうこうしていられるのですから。

ポーシャ　本当に、ようこそお越しくださいました。その喜びは言葉のほかのおもてなしで解《わか》っていただかねば。口での御挨拶はもうこれだけにいたします。

グラシャーノー　空の月にかけて誓う、きみの言うことはむちゃだ。本当なのだよ、きみが裁判官の書記にやったのだ。いっそ、あいつ、睾《きん》ぬきであってくれればいい、きみがそんなに気にするなら。
ポーシャ　おや、もう喧嘩《けんか》を！　どうしたと言うの？
グラシャーノー　金の指輪のことなのですよ、ほんの廉物《やすもの》でしてね、これに貰《もら》ったやつなのだ。その銘というのが、まさに刃物店の歌い文句よろしく、それ、ナイフに彫ってありましょう、「愛してね、ね、捨てないでね」というのだ。
ネリサ　銘がどうの、廉物のなんのって、一体どういうつもり？　あれをあげたとき、あなたは誓ったはず、肌身《はだみ》離さず、死ぬまで大事にする、お墓のなかまで持って行くって。そうよ、あたしのためにではないの、あなた自身のあの猛烈な誓言のために、気をつけて大事にとっておかなければいけなかったのよ。裁判官の書記にやった！嘘おっしゃい。あたしは神様に裁判官になってもらう、その書記というのは、永遠にひげのはえないお人です。
グラシャーノー　はえるよ、一人前の男になれば。
ネリサ　そうでしょうよ、女も一人前に育つと男になるものならね。
グラシャーノー　待ってくれ、この手にかけて、あれは若い男にやったのだ。まだ子供だ、ちんちくりんの子供で、精々きみくらいの丈しかない、裁判官の書記で、お喋りな子で、そいつが、礼金代りにくれと言ったのだ――ぼくはどうしても断れなくなってしまったのだよ。

ポーシャ　あなたが悪かった、遠慮なく言わせてもらいますけれど、奥さんの初めての贈物をそう易々《やすやす》人にやっておしまいになるなんて。そうお思いになりません、誓言までしてその指にはめてもらったもの、いわば、あなたの肉に誠の鋲《びょう》でとめられたものでございましょう？　私も主人に指輪を贈りました。そして、決して手放さないと誓ってもらいました。そう、この人に。ええ、受けあいます、その誓いに嘘はない、この人は決してそれを手放しなどいたしますまい、指から抜きもしますまい、たとえ全世界の富をやると言われても……おわかりになって、グラシャーノーさん、あなたは奥さんの心を傷つけるような心ないことをなさいました。もしこれが私だったら、気違いになってしまうかもしれない。

バサーニオー　（傍白）ああ、いっそ左手を切ってしまえばよかった、そうすれば、指輪を守ろうとして、切られてしまったと言えたろうに。

グラシャーノー　バサーニオーさんも指輪をやってしまったのです、その裁判官にせがまれて。じっさい、それだけのことはしてくれたのです。そのあとで、例の子供が、つまり書記のほうも、じじつ書類を作るのにいろいろ骨を折ってくれたのですが、今度は私のがほしいと言いだした。その子も先生のほうも、何も要らない、ただその指輪だけがほしいと言うのです。

ポーシャ　どの指輪、あなたがさしあげたというのは？　あれではございますまい、まさか、私がお贈りしたのでは？

バサーニオー　嘘で過ちの上塗りをしてもよいなら、否《いな》と答えよう。だが、このとおり、ぼくの指にはその指輪がない、もうすでに。

ポーシャ　そのとおり、あなたのいつわりの心には、誠がないのね、もうとうに……（背を向ける）心を決めました、もうそのお胸には抱かれません、指輪を見せていただくまでは。

ネリサ　ええ、あたしもそうします、あたしの指輪を見せてくださるまでは。

バサーニオー　ポーシャ、もし解ってくれたなら、誰に指輪をやったのか、誰のために指輪をやったのか、少しでも察してくれたなら、どういうわけで指輪をやったのか、どんなに辛《つら》い想《おも》いで指輪を手放したのか、そうなのだ、指輪のほかには何も要らぬと言われたのだよ、それが解ってもらえたら、きっと機嫌《きげん》をなおしてくれると思うのだが。

ポーシャ　もしもあなたが、あの指輪の意味が解ってくださったら、あの指輪を贈った女の値うちが、あの指輪を身につける御自身の名誉が、せめて半分でも解ってくださったら、いくらあなたでもあの指輪を手放したりはなさいますまい……相手がいくら訳の解らぬ男でも、あなたにあくまでそれをお守りになる気がおありになって、言葉にそれだけの熱が見えれば、そうまで厚かましく言いはしなかったでしょう、記念の品までよこせとは？　ネリサはよいことを教えてくれました――命をかけてもいい、指輪をあげた当の相手は女です。

バサーニオー　違う、ぼくの名誉にかけて、ぼくの魂にかけて誓う。断じて女ではない。相手は法学博士だ。お礼にだした三千ダカットを受けとらず、指輪がほしいと言う。もちろん、ぼくは断った。機嫌を悪くして帰って行くのを、ぼくは黙って見すごした、命を、ぼくの親友の命を救ってくれたのにだよ……それでいいのかい、ポーシャ？　ぼくは我慢ができなくなり、すぐあとを追わせて、とうとうやってしまったのだ。羞恥心《しゅうちしん》と義理に攻めたてられて、どうにもじっとしていられなくなったのだ。ぼくの名誉に恩知らずの汚名を着せたくなかったからさ……許してくれ、ポーシャ、あの大空を埋める燈火に誓ってもいい、きみだって、もしそこに居あわせたら、おそらくきみのほうでぼくに頼んだろう、あの指輪を博士にあげてくれるようにと。

ポーシャ　その博士は家に近づけないようにしてくださいまし。私が命より大事にしている石をもっておいでだもの。現にあなたも、私のために生涯《しょうがい》手放さないとお誓いになった、それほどの石をもっておいでだもの。そのお方にねだられたら、あなたのように気前よく、持っているものはなんでもいやとは言わないことにいたしましょう、私の体でも、夫の寝床でも。さぞかしそのお方と仲よくなってしまうことでしょう、今からわかっております。一晩でも家をおあけにならないで。私を見張っていらして、あの目を開いたまま眠るというアルゴスのように。さもないと、私一人で置かれたら、今はまだ誰のものでもない私の操《みさお》にかけて申します。きっと閨《ねや》のお伽《とぎ》にその博士を呼び入れてしまいましょう。

ネリサ　そして、あたしもその書記を。だから精々用心することよ、あたしを一人にしておかないように。

グラシャーノー　その気なら、そうするさ。その代り、ぼくの目にふれさせないようにしたほうがいい。摑《つか》まえたら、その書記の若僧、ペン先をへし折られるものと覚悟しなければならないからな。

アントーニオー　辛いのはぼくだ、喧嘩のもとはぼくがまいたのだから。

ポーシャ　決して御心配なさらないように――どうあろうと、あなたを喜んでお迎えする気もちに変りはありません。

バサーニオー　ポーシャ、許してくれ、せっぱ詰ってやったことなのだから。改めて、友達みんなの前で誓う、その美しい瞳《ひとみ》にかけて、そのぼくの姿を映している――

ポーシャ　よくもまあ、あんなことを！　私の二つの瞳には、この人の姿は二つ映っています、右と左に一つずつ。その二人の御自分にかけてお誓いなさい、さだめし信用の置ける誓言になりましょう。

バサーニオー　そんなことを言わないで、とにかく聴いておくれ……今度のことは許してくれ。自分の魂にかけて誓う、もう二度と誓言を破らないと。

アントーニオー　私は御主人のしあわせのため、なるほどこの体をかたにいたしました。しかし、御主人が指輪をあげたあの男がいなかったら、それも取られて今はないはず。それなら、もう一度かけましょう、今度は私の魂をかたに誓います、御主人にしても二度と誓言を破ったりはしますまい、と。

ポーシャ　それでは、あなたに証人になっていただきましょう……（指から指輪をはずし）これを渡してやってください、前のよりも、もっと大事にするようにと。

アントーニオー　さあ、バサーニオー、この指輪をいつまでもなくなさないと誓うのだ。

バサーニオー　どういうわけだ、これは、博士にやったのと同じものだ！

ポーシャ　じつは、そのお方から捲《ま》きあげたものなの。ごめんなさい、バサーニオー、そうなの、その指輪のために、私、そのお方に抱かれてしまったのですもの。

ネリサ　（同じく指輪をだし）あたしも、許して、グラシャーノー。その博士の書記の、ちんちくりんの子供を、指輪のお礼に、ゆうべ抱いてあげてしまったのですもの。

グラシャーノー　なんということだ、それでは余り早手廻しに手を打ち過ぎるじゃないか、こっちはまだ浮気の「う」の字もしてはいないのに。ひどい話だ！　ぼくたちは間男されの間ぬけ亭主にされてしまったのか、まだ結婚もしていないうちに？

ポーシャ　そんな下品なことおっしゃるものではありませぬ。みなさん、驚いていらっしゃる。さあ、この手紙を、あとでゆっくりお読みなさい――パデュアから、ベラーリオーさんからのお手紙を。それをお読みになれば、お解りになりましょう、このポーシャが博士、書記はそのネリサ……ロレンゾーが証人になってくれましょう、私はあなたをお送りして、すぐおあとを追いました、そしてたった今もどってまいりましたところです。まだ家にもはいっておりませぬ……アントーニオー様、ようこそお見えくださいました。私、あなたのためによい知らせを持ってまいりました、思いもかけぬことでございます。この手紙を開いてごらんなさいまし、あなたのお船が三隻《せき》、一杯船荷を積んで、ひょっこり港に帰ってきたというのです……訳はお教えしないことにいたしましょうね、どういう偶然でこの手紙を手に入れたか、その不思議ないきさつは。

アントーニオー　私は、なにも言えません！

バサーニオー　きみがあの博士だったと言うのか、それにぼくが気がつかなかったのか？

グラシャーノー　きみが書記だったのか、あとで間男をすることになっていた？

ネリサ　そのとおり、でも、この書記、間男はしなくてよ、大人になって男になるなら別だけれど。

バサーニオー　かわいい博士殿、きみの閨のお伽を仕《つかまつ》ろう——ぼくが家をあけているときは、ぼくの奥さんを相手にしたらいい。

アントーニオー　奥さん、あなたのおかげで命も財産もとりもどしました。たしかにここに書いてあります、私の船は無事入港していると。

ポーシャ　あの、それなら、ロレンゾーは？　私の書記があなたにも何かよい知らせを持っているはず。

ネリサ　はい、そのとおりで。それはただでさしあげることにいたしましょう……さあ、これを、あなたとジェシカに、お金持のユダヤ人から、財産譲渡の証書よ、死後に残ったものは何から何まで。

ロレンゾー　お二人とも、マナを降らせてくださるのですね、餓《う》えたものどもの口に。

ポーシャ　そろそろ朝になります。でも、みなさん、まだ十分納得なさらないでしょう。さあ、家へはいって、訊問《じんもん》を受けましょう、みんなかたはしからみごとにお答えしてみせますから。

グラシャーノー　では、そういうことに。その訊問の第一、わがネリサに答えてもらいたいところだが、あすの晩まで我慢するか、それともすぐにお床入りとゆくか、その問題だよ、まだ夜明けまで二時間もあるのだから。とは言うものの、夜が明けたら明けたで、もっと夜が長ければと思うだろうな、博士の書記と共寝ということになればば……さて、これで、生きているあいだ、なんの心配もなしだ、ネリサの指輪を後生大事に離さずにいること以外はね。

（一同、家に入る）

解題

福田恆存

一

『ヴェニスの商人』の初演は明確な記録が残っていないので、はっきり断定することは出来ないが、遅くとも一五九八年以前であることは確かである。なぜなら、同年七月に作品登録が行われた記録が残っているからである。しかし、実際に書かれたのは、文体その他の内証から、それより少し前、一五九六・七年と推定されている。なかには登録の直前すなわち同年の一五九八年とする学者もある。

シェイクスピアの作品を創作年代順に辿《たど》ってゆくと、一六〇〇年前後は明かに一つの転換期をなしている。作品の質、形式ともに、この時期を境にして、劇的な深みをもつようになり、四大悲劇はもちろん、その他の代表的な悲劇はほとんどすべてそれ以後に書かれている。喜劇は段々少くなり、それも以前の世話物的な写実劇の性格を脱して、シェイクスピア独自の「浪漫喜劇」と呼ばれるものになってゆく。

この晩年の「悲劇時代」あるいは「完成期」を劃《かく》する最初の作品が『ジュリアス・シーザー』であるが、それが書かれたのは『ハムレット』の前年、大体一五九九年か一六〇〇年であった。そのことから逆に考えて、『ヴェニスの商人』の創作年代は、どうしても『ジュリアス・シーザー』よりは前の一五九八年以前と見なさざるをえぬばかりか、それも出来るだけ前にもってゆきたいのである。その前の一五九五・六年には史劇『リチャード二世』と喜劇『夏の夜の夢』が書かれており、その後の一五九七・八年には史劇『ヘンリー四世』第一部、第二部が、続いて一五九八・九年には喜劇『空騒《からさわ》ぎ』と史劇『ヘンリー五世』が書かれている。悲劇『ジュリアス・シーザー』を書いたあとではもちろんのこと、たとえ喜劇にしても『ヘンリー四世』や『空騒ぎ』のような作品を書いた作者が、ふたたび『ヴェニスの商人』のような主題を採りあげようとは考えられない。やはり、一五九六年の後半から翌年の初めにかけて書かれたものという推定が最も妥当と思われる。

私が翻訳の原本として用いている新シェイクスピア全集は一九二一年に『あらし』を出して以来、今なお完成してはいず、初めのうちはアーサー・クイラ＝クーチとドーヴァ・ウィルソンとの共同編纂《へんさん》になっていたが、クイラ＝クーチの死後、一九四五年からは専《もっぱ》らウィルソンが編纂校訂を引受けて今日に至っている。この全集における

『ヴェニスの商人』の初版は一九二六年で、まだクイラ＝クーチ、ウィルソンの共同編纂になっている。二人とも『ヴェニスの商人』の定本決定はさほどの難事ではないと言っている。問題になるのは二つの四折本と例の一六二三年版全集の第一・二折本と、つごう三つであるが、その三者にさほどの違いがないからである。

二つの四折本というのは、普通、ヘイズ四折本、ジャガード四折本と呼ばれているものである。その名称の起りは、前者の扉《とびら》には「トマス・ヘイズ上梓《じょうし》」とあるからだが、後者の扉には「ロバーツ上梓」とあって、ジャガードとはなっていない。しかし、このロバーツがジャガードになる経緯が、実はそのまま定本決定に導く経緯にもなるのである。第一・二折本がヘイズ版に基づいて造られたものであることは、かなり早くから解《わか》っていた。問題はヘイズ版とロバーツ版のいずれが善本かということにあった。それが一九一四年までは決定的な答えが出なかったのである。いずれも一六〇〇年の刊行になっており、おそらく同じ原稿から、あるいはその二つの写しから、それぞれ別個に印刷されたものと信じられていたからである。もっとも、どちらかと言えば、ロバーツ版の方が早いと考えられ、かつてはそれが第一・四折本、ヘイズ版が第二・四折本とされていた。

それが今では逆になっている。簡単に結論だけを言えば、ロバーツ版の日附は捏造《ねつぞう》であり、実際は一六一九年刊であることが解ったのである。しかも、「ロバーツ上梓」というのも虚偽で、そのロバーツの仕事を一六〇八年以来引きついできたジャガードがやったものだということが解った。のみならず、このジャガード版の『ヴェニスの商人』は、シェイクスピアの死後三年目に、ジャガードがこの人気作家の選集を出せば商売になると考えて、十冊一組のシェイクスピア全集を企画刊行した、その中の一冊にすぎなかった。それはいいとして、問題はあとの九冊である。それがいかさまで、そのうち本物は五冊、ほか四冊はシェイクスピアの作品ではなかった。さらに、『ヴェニスの商人』を含めて六冊の本物中、半分は素姓のいいかげんな悪本に基づいたものである。さいわい『ヴェニスの商人』は善本を基にしてあるが、その原本が他ならぬヘイズ版であることが、解ったというのである。

要するに、ヘイズ四折本が最も信頼すべきものであり、新シェイクスピア全集もそれを定本としているのである。

二

次に『ヴェニスの商人』の素材だが、これもはなはだ単純である。この作品は四つの筋から成立っている。

㈠　箱えらび　㈡　指輪の紛失

㈢　人肉裁判　㈣　ジェシカの駆落ち

これらの挿話《そうわ》は、すぐどこから採ったと指摘しえないにしても、手本があることは誰の目にも明かであろう。型をなし、整っているからである。事実、このうち㈡と㈢は、そして㈠も少し形を変えて、『イル・ペコローネ』（阿呆《あほう》）の中に見出《みいだ》される。これはセル・ジョヴァンニという男が書いたと言われている中世イタリーの物語集で、一三七八年の作だが、実際に刊行されたのは一五五八年、英訳はさらにずっと遅れて一八九七年だから、シェイクスピアがもしこれを読んでいたとすれば、原語で読んだということになるが、その問題は後廻《あとまわ》しにして、『イル・ペコローネ』中の一挿話を紹介しておこう。これは『デカメロン』その他と同様、一つ一つ独立した珍奇な話が次々に物語られてゆく形をとっており、この『ヴェニスの商人』の源になったと思われるのは、その第四日の第一話である。

ヴェニスの青年、ジャンネットーは名附親にして養父のアンサルドーから金を借りて、アレクサンドリア相手に貿易を始めたが、ベルモンテ港の沖を航行中、船長から不思議な話を聞いた。その港町は一人の美女によって支配されている。女は夫の死後、法律をつくり、この町に立寄った男はすべて自分の夜伽《よとぎ》をしなければならぬという命令を出した。条件は、その間、自分を十分に楽しませてくれた男には、自分もろともこの町の富を与えるが、もしそれが出来ねば、相手の船荷を没収し、町を出て行かねばならないというのである。ジャンネットーは意を決して挑《いど》み、二度とも眠りこけて失敗するが、三度目の航海でついに成功する。実は当の女主人の小間使から、寝酒に麻酔薬がはいっていることを、あらかじめ教えられていたからである。

しかし、このジャンネットーの三度目の航海のために、名附親のアンサルドーが整えてやった一万ダカットの金は金貸のユダヤ人から借りたもので、もし約束の日までに返済できぬときは、アンサルドーの体のどこからでも任意に一ポンドの肉を切取っていいという酷《ひど》い条件がついていた。結婚の成功と、それにつづく祝い事のため、ジャンネットーは名附親の好意とその身に迫る危難をすっかり忘れていたが、約束の返済日当日、ふとしたことからそれを思いだし、悔恨にとらわれる。

新妻は夫から話を聞いて、すぐに一万ダカットを手渡し、それを持ってすぐにヴェニスに駆けつけるようにと頼む。ジャンネットーがヴェニスに着いたときには、アンサルドーは既に法の監視下にあった。ユダヤ人には一滴の慈悲もない。一万ダカットはおろか、ヴェニス中の金を全部くれると言われても、このクリスト教徒の肉一ポンドには代えられないと言いはる。

が、ジャンネットーが意気沮喪《そそう》して引きさがったころ、たまたまヴェニスのある宿にボローニャの若き法学博士が到着する。もちろん、変装したジャンネットーの新妻である。女は宿の亭主からこのヴェニス中を騒がせている大事件を聞いて、人々に安心するように言う。そしてある手だてを講じて、その場へ原告と被告を呼び寄せる。あとは『ヴェニスの商人』と同様、事件は急転廻《きゅうてんかい》してユダヤ人は奈落《ならく》の底に突き落されるのである。

そのあとも、ほとんど同じで、ジャンネットーは法学博士を訪ね、お礼の印に一万ダカットを受けとってくれるようにと言う。女は弁護料は要らぬと断ったあとで、ふと相手の指輪に目をつけ、それを記念にもらいたいと言う。ジャンネットーはさすがに渋るが、ついに言いなりになってしまう。それから「釈明」の場になる。責められて、ジャンネットーは「根も葉もないことを！」と言って泣きくずれる。その涙を見て、妻は初めて満足し、指輪を見せて、真実を打ち明ける。さらにアンサルドーは例の小間使とめあわせられ、物語は「めでたし、めでたし」で終る。

以上で明かであるが、㈡指輪の紛失と、㈢人肉裁判は、ほとんどそのままであり、㈠箱えらびはないが、求婚譚《きゅうこんたん》としての難題は夜伽という形で出ている。夜伽では芝居にならないから、箱えらびをもって代えたと考えられよう。しかし、それも源がないわけではない。やはりイタリーの物語集で『ジェスタ・ロマノーラム』(ローマ人行状記)というのがあり、その第三十二話に金銀鉛の三つの箱の話が出ている。ただ、この場合は、ローマ皇帝が嗣子《しし》の妃《きさき》を選ぶのに使われるのだが、それぞれに銘があり、それがまた『ヴェニスの商人』のそれとよく似ている。この『ジェスタ・ロマノーラム』はリチャード・ロビンソンという男によって英訳され、一五七七年に初版が、一五九五年に改訂版が出版されている。

挿話的原型の詮議《せんぎ》はそのくらいにして、次にユダヤ人の登場、及びその扱い方であるが、これもシェイクスピアが最初というわけではない。たとえばロバート・ウィルソン(一六〇〇年歿《ぼつ》)の書いた『ロンドンの三婦人』という幕間劇《まくあい》があって、そこに出て来るユダヤ人がシャイロック創造に暗示を与えたかもしれない。が、それを言うくらいなら、シェイクスピアの先輩クリストファー・マーローの代表作悲劇『モルタ島のユダヤ人』(一五九二)を挙げなければなるまい。これなら、シェイクスピアは確かに観《み》ていたはずである。その梗概《こうがい》は次のとおりである。トルコの太守はモルタ島に貢物《みつぎもの》を求め、その島に住むユダヤ人たちにそれを負担すべきことを命じる。富めるバラバはその布告を拒否したため、財産を没収され、邸《やしき》を尼僧院《にそういん》にされてしまう。復《ふく》讐《しゅう》に狂った彼は娘のアヴィゲイルに毒を飲ませ、その恋人を殺し、さらに殺戮《さつりく》を重ねる。やがてモルタ島がトルコ軍に包囲されるに及び、身方を裏切って敵に通じ、その功によりモルタ島の太守にされる。が、彼は飜《ひるがえ》ってトルコ軍の指揮官の暗殺を計画し、今度は逆に裏切られて、大釜《おおがま》で煮殺されるに至る。

言うまでもなく、このバラバという名前はイエスと共に十字架につけられたバラバであり、ヨハネ伝では盗人《ぬすっと》、ルカ伝では煽動家《せんどうか》になっており、いずれにせよ、人を殺している。聖書によれば、ローマ総督ピラトがイエスを救おうと計り、ユダヤの祭の慣習にしたがい、誰か一人の特赦をと言ったとき、民衆は「イエスよりはバラバを！」と迫り、ためにこの人殺しは十字架から放たれたのである。『ヴェニスの商人』にも、このバラバにたいする言及がある。第四幕第一場、法廷の場におけるシャイロックの傍白に「おれにも娘がいる――どうせ嫁にやるなら、いっそあの盗人のバラバの子孫のほうがいい、こんなクリスト教徒よりはな……」とあるのがそれである。

それは余談だが、『モルタ島のユダヤ人』のなかで娘のアヴィゲイルが僧院の窓から下の父親に財宝をおろしてやる場面など、ジェシカとロレンゾーとの同じ場面を思わせるし、そのほかバラバにもシャイロックにおけると同様、判決の二者択一があることも無視できない。しかし、そうなると、学者にありがちな一種の関係妄想《もうそう》と言うべく、なるほどシェイクスピアはマーローの芝居を観、それを意識していたであろうが、なにもそれから暗示を得なくとも、既に『イル・ペコローネ』があるのである。いや、それればかりではない。『ヴェニスの商人』において観客を喜ばせる挿話も場面も、当時としても、というよりは当時はなおさらのこと、すべて有りふれた型どおりのもので、その点は私たちが子供の頃《ころ》から親しんできたお伽話や歌舞伎《かぶき》のそれと同じであろう。

ただその組合わせ方において、『イル・ペコローネ』だけは無視できないように思われるが、それも果してどうであったか。というのは、一五九七年に書かれたスティーヴン・ゴッソンの『悪口学校』に、演劇の道徳的頽廃《たいはい》を非難したところで、その一例として『ユダヤ人』という作品が槍玉《やりだま》に挙がっているが、その筋が既に『イル・ペコローネ』中の箱えらびや人肉裁判を含んでいたようである。また、ヘンズローの日記の一五九四年八月二十五日に『ヴェニスの喜劇』という芝居の上演があったという記述が残っていて、それと『ヴェニスの商人』と関係があるのではないか、すなわち、シェイクスピアはそれに手を加えたのではないかという説もある。いずれにせよ、それらの作品が残っていないのだから、当てにはならない。

それにしても言えることは、『ヴェニスの商人』は『イル・ペコローネ』その他の散文、口碑を材料にシェイクスピアが直接に創作したものではなく、既に誰かが現在の筋とほとんど同様の脚本に仕上げてあったものに手を加えたものらしいということである。その理由は古い脚本の跡が消されずに残っていて、所々に矛盾したことが出て来るからであるが、いずれにせよ、そういう微細な詮議は、ウィルソンではないが、あまり意味がないことであって、私たちは現存のこの『ヴェニスの商人』をシェイクスピアの完全な作品として楽しめばよいのである。

しかし、そのことに関聯《かんれん》して、ふたたび創作年代に触れておく必要があろう。先に一五九六・七年と書いたが、それは最終稿による初演の時期であって、作者はその前に数回手を入れており、その最初は、一五九四年の、それもかなり初めのころだったであろうと、ウィルソンは言っている。当時の事件にたいする当てこみのせりふなどからの想定である。たとえばエリザベス女王暗殺を企てたユダヤ系の侍医ロダリーゴ・ロペスの裁判が始ったのもその年の二月、処刑が六月であった。その他にもいろいろあるが、それらからウィルソンはこう想定する。すなわち一五九三年の秋、その年のクリスマス用として『恋の骨折損』を書きあげたシェイクスピアが、次の仕事として採りあげたのが『ヴェニスの商人』の改修ではなかったかというのである。

第二回の改修は確定できないが、第一幕第一場の初めにアンドルー号という船のことが出ていて、この名の船は一五九六年、エセックス公叛乱《はんらん》の際、カディスで叛乱軍に捕獲されており、七年には暴風雨のため大破損をしたことがあるので、それへの聯想から、大体一五九六・七年と考えられると言うのである。

三

ウィルソンの言うように、とにかく私たちは現存の『ヴェニスの商人』を『ハムレット』や『あらし』を書いたシェイクスピアの作品として素直に受けとればよいのである。そこで問題になるのはシャイロックという人物だが、これは喜劇的人物なのか悲劇の主人公なのか。昔から『ヴェニスの商人』を論じる批評家は大抵この二者択一から出発する。批評家だけではない。役者も演出家もまずそこから腹を決めてかからねば、幕は開けられない。

その点、私はクイラ＝クーチに同調する。近代の批評家も役者も観客も、シャイロックの中に近代的な自己を感情移入しすぎて、その性格を深刻、複雑なものに祀《まつ》りあげてしまった嫌《きら》いがある。『オセロー』におけるイアゴー、『マクベス』における夫人にたいする解釈過剰と同様の現象である。それにしても、シャイロックはイアゴーほど複雑でもなければ、マクベス夫人ほど深刻でもない。誰にも解りやすい単純な悪役なのである。

これも私の持論であるが、舞台に於《お》ける登場人物は総《すべ》て二重の役割をもっている。一つは、そこに写しとられている「人生における役割」であり、もう一つは、劇的効果としての「作品における役割」である。前者においては私たちの人生におけると同様、すなわち私たちの周囲にいる現実の人物についてと同様、強い性格だとか、意地の悪い男だとかいう批評が、そのまま適用されるであろう。が、後者においては、性格や心理の穿鑿《せんさく》は全く用をなさず、一見それに矛盾するような言動をそのままに受け入れて、単純に悪役、道化役、色男役としての効果を楽しむに越したことはないのである。ことに古典劇においてはそうである。というより、すぐれた古典劇においては、一人の人物の中でこの二つの役割がたがいに頡頏《きっこう》し、釣《つ》りあいを保っていた。それが近代劇になり現代劇になるに及んで、前者が後者を圧倒し、人々はともすれば後者の意義を忘れ、前者の性格解釈ですべてを押し切ろうとしがちなのである。

シャイロックの場合、私たちはことにその点を警戒しなければいけない。ハムレットについてウィルソンが言っていたように、この場合にも、私たちはシャイロックを『ヴェニスの商人』の額縁から外に連れだしてはならないのである。その意味では、クイラ＝クーチにならって、前者の側から、しかし現代の人物としてではなく、エリザベス朝時代の人物として、ユダヤ人シャイロックの存在を考えてみなければならない。クイラ＝クーチの言葉をそのまま借りれば、シェイクスピア当時の英国はユダヤ人をひどく排斥した時代であって、彼自身おそらくユダヤ人をろくに見たことがないのではないかというのである。また、そういう時代であったから、エリザベス朝時代の人々は、貴族と一般市民との別なく、ユダヤ人を蔑《さげす》み憎み、人でなしの扱いをしていて、少しも省みることがなかったのである。敵を愛することを信条としたクリスト教徒ではあったが、教祖を十字架にかけた敵だけは例外だった。

しかも、その敵のユダヤ人は昔から金貸業として栄えていた。金を貸して利を得ることは、クリスト教の道徳からはもちろん、さらに溯《さかのぼ》って古代ギリシアの道徳観からも、自然にたいする罪として卑《いや》しむべき行為と考えられていたのである。しかし、いかに金利を悪と考えても、金を借りねばならぬ事態は起ったし、金を借りれば当然金利の問題が生じてくる。ことに十五・六世紀の英国は広く海外に羊毛貿易を行っており、事実上、手形取引や債権債務の制度なしにはすまされなかったのである。そこでクリスト教徒は良心を傷つけずに事を運ぶため、自分の罪を背負ってもらう生けにえを必要とした。その生けにえの役をユダヤ人がみずから買って出た。中世を支配したクリスト教徒から追いつめられた彼等は、専《もっぱ》らその間隙《かんげき》を縫い、金貸業をもって実利を占めて行ったのである。この金利にたいする道徳的嫌悪《けんお》感は、ユダヤ人にたいする憎悪感と同様、現代人の到底理解しえぬところであろう。が、事実はそうだった。

シェイクスピアはそういう一般市民の感情を利用している。もちろん彼もその市民の一人として同様の感情に支配されていたことではあろうが、とにかく安心してシャイロックを憎まれ役に描いたことは確かである。そのことは先に触れた幕間劇『ロンドンの三婦人』からも察せられよう。当時の幕間劇というのは道化役のやる即興的な軽喜劇であって、そのユダヤ人は道化役によって演ぜられたのである。『ヴェニスの商人』のシャイロック役者も、やはりかつてはその伝統にしたがって演じていたのである。それはハズリットの批評からもうかがえることでその単なる道化役、悪役としてのシャイロックに近代的な性格の深みを与えた最初の役者はチャールズ・キーンあたりであるらしい。さらにその線にそって人物造型を完成したのが名優アーヴィングであると、クイラ＝クーチは言っている。また、ユダヤ人であり民衆詩人であったハイネが、ロンドンでこの芝居を観て、後にいた女がシャイロックに同情し、すすり泣きしているのを見たと書いているのも、その後の一八三九年のことである。

しかし、そうは言うものの、シャイロックがこの芝居で最も重要な役であることは否定しえない。『ロンドンの三婦人』と異なり、単なる道化役者の手に負えるものではない。初演の際はリチャード・バーベッジが扮《ふん》したという伝説があるくらいだ。バーベッジというのは、シェイクスピアが属していた侍従長劇団の筆頭役者で、ハムレットその他ほとんどすべての悲劇喜劇の主人公を演じた立役である。その伝説の真偽は別としても、十八世紀に入っては、シャイロックは既に立役の好んでやる役になっていた。キーン、アーヴィング以後は言うまでもない。オールド・ヴィック劇場所演の舞台写真を見ると、そのシャイロックを演じているのはヘルプマンである。彼もギールグッド、オリヴィエなどと並ぶ一流の悲劇役者である。

シャイロックを『ヴェニスの商人』の額縁の外に連れだし、その性格が強烈に生き生きと描かれていることを強調する人たちは、同時にアントーニオーやバサーニオーが、そしてポーシャすら、甚《はなは》だ影が薄く生気に乏しいのに不満をもらすだけでなく、時にはそれらの人物を間ぬけ、木偶《でく》よばわりするような八当りを演じかねない。しかし、人々の言うほどシャイロックの性格描写は写実的な彫りの深さをもっているだろうか。法廷における彼の敗北は、悲劇の主人公に祀りあげられるほどの条件と状況をそなえているだろうか。私にはそうは思われない。アントーニオーやポーシャが共に木偶なら、前者に敵対し、後者に翻弄《ほんろう》される人物が悲劇的でありうるわけがない。

読む場合にはさほど気づかぬかもしれぬが、舞台を観ていれば、次の事実は誰の目にも明瞭《めいりょう》であるはずだ。つまり、シャイロックを詭弁《きべん》のわなにかける人物は男装の女なのである。少女歌劇の男役なのである。観客の注意は詭弁の展開と男に化けている女と、この二つに向けられる。この場合、シャイロックの役割はその効果を助けることにある。もしあまりに自分に観客の関心をひきすぎたなら、事態は馬鹿《ばか》らしいものになりはしないか。少くとも現代に、ハイネの目撃した感傷的観客を当てにすることは出来まい。

『ヴェニスの商人』を現代の観客の目にもなお馬鹿らしくなく観せる演技法、演出法はただ一つしかない。それは演じる側が観客よりさきにその馬鹿らしさを承知してかかることであり、また劇の進行中たえず観客に向って、それを承知している自分を強調し、そうすることによって観客の諒解《りょうかい》を求めることである。手取りばやく言えば、役者が客席に目くばせの合図を送りながら芝居をつづけるということだ。シャイロック役者だけではない。それはアントーニオー、バサーニオー、ポーシャ、その他を演じるすべての役者について共通に言えることである。一人一人が、自分の持役をではなく、『ヴェニスの商人』という共有の一つのお話を、あるいは一幅の絵を、それぞれから等距離に描きあげなければならない。それは、めいめいが自分の中に作者の役割をもたねばならぬということである。

一つには、素材が『イル・ペコローネ』という物語集であり、劇的天才シェイクスピアの手をもってしても、なお物語の平面性が残存しているからだとも言えよう。しかし、物語と劇とは、ある意味では共通な性格をもつ。それは現実を切取って明確な型に化さねばならぬということだ。馬鹿らしさの諒解を求めるということは、別の言葉で言えば、嘘《うそ》を嘘として楽しんでもらう地盤をこしらえるということでもある。その意味では、私の言う演出法は単にこの作品の弱点を隠すための窮余の策ではない。先に述べた役の二重性にたいしてさらに二重に働きかける劇の本質に通じるものである。ただ『ヴェニスの商人』の場合、その技術があらわに示されねばならぬというだけのことだ。

そういうふうに見てゆけば、この作品は実にうまく作られている。誰にも解《わか》ることだが、それぞれ型として完結している四つの挿話《そうわ》を桂馬《けいま》とびに見え隠れさせながら展開してゆく見事さは、決して凡手のよくなしうることではない。それに、物語のもつ単純な型の面白さというものは、単純であればあるほど、型にはまったものであればあるほど、くりかえし聴いて倦《あ》きないものである。それはシェイクスピア時代にも既にくりかえし語りつがれてきた話である。三百年たった今でも、いや、複雑な筋や心理分析を経てきた現代であればこそ、かえって型にはまった単純な話の面白さが生きてくるということもあろう。『ヴェニスの商人』の魅力はそこにある。この作品もまた上演して失敗することのまれなものの一つである。日本においても最高の上演回数を有している。もっとも、それは法廷の場のみの上演であろうが。

『ヴェニスの商人』について、もう一つ言っておきたいことがある。勇敢で美しい若者の口づけにより魔女の呪《のろ》いがとけて忌《い》まわしい虫や鳥が美女の姿にかえるという古い説話が『イル・ペコローネ』にも痕跡《こんせき》をとどめているそうであるが、クイラ＝クーチは『ヴェニスの商人』にも、どこかにその面影を見出《みいだ》したい様子である。ベルモントというのは「美しき丘」の意味で、これは『イル・ペコローネ』そのままの借用であるが、シェイクスピアは俗っぽい虚栄の町ヴェニスにたいして、この名に浄福の地の寓意《ぐうい》を意識していたのではないか、とクイラ＝クーチは言う。そこにはポーシャの超絶的な力が支配していて、すべての登場人物がそこへ引きよせられ、しかも幸福になる、と言う。どう考えても、これは穿《うが》ちすぎであろう。が、こういうことは言える。終幕のロレンゾーとジェシカの二重唱は美しい。バサーニオーが箱を正しく選びあてたあと、ポーシャが彼を迎え入れる言葉も、法廷の場における慈悲についての雄弁も、シャイロックの罵声《ばせい》よりは、たしかにこの作品の基調をよく伝えるものである。シェイクスピアはこの作品のあとで『ヘンリー四世』や『空騒ぎ』のような優れた写実的喜劇を書いているが、その後の悲劇的時代に入ると『お気に召すまま』『十二夜』などを経て最後の『あらし』に至るごとき、いわゆる浪漫喜劇を好んで作っている。その先触れをなしたのが一五九五・六年の『夏の夜の夢』であって、その次に書かれたと推定されるこの『ヴェニスの商人』は、その系列の中に置いて考えなおし、演出しなおしてみる必要がありはしないか。それを妨げていたのがシャイロックにたいする過剰解釈ではなかったか。

（一九五九年十二月）

解　説

中村保男

喜劇時代のシェイクスピア

シェイクスピアがロンドンに出京したのは一五八八年頃《ころ》と推定されているが、それから数年にして既に彼は一人前の劇作家として健筆を揮《ふる》っていたことがわかる。彼は劇作のかたわら役者もやり、劇団の株主としても確乎《かっこ》とした地位を得るようになる。当初のいわゆる習作時代には、史劇『ヘンリー六世』全三部、『リチャード三世』および『ジョン王』のほか、残酷悲劇『タイタス・アンドロニカス』や抒情《じょじょう》悲劇『ロミオとジュリエット』を書き、喜劇では『間違い続き』や茶番劇風の『じゃじゃ馬ならし』、それと『ヴェローナの二紳士』『恋の骨折損』などを書いていた。

当時の劇壇は現代のとは違って、執筆から上演までの間《ま》が少なく、演目が次から次へと変って、上演に成功したものは再演され、失敗したものはたちまち消えてゆくといった仕組で、一つの劇団が一年間に上演した芝居の数は平均して十五作にものぼる。

シェイクスピアが一年間におよそ二本ぐらいずつの割で速筆を揮っていたのも、こういう事情によるのである。ジャーナリズムによる劇評など無かった当時には、劇場で現に芝居を観《み》ている人々の反応だけが上演の成否を決めていたのであり、さらに、「リアリズム」などという言葉の無かったその時代では、「本当らしさ」が要求されることがなく、劇のコンヴェンションを守りさえすれば、それだけ自由奔放に、想像力を発揮して筆を進めることができたのである。

さて、先人の作風を模倣する傾向の強かった修業時代すなわち習作時代が終る頃には、シェイクスピアは経済的にも安定していて、脚本料から出演料、株主としての収入はもちろんのこと、何度も版を重ねた物語詩『ヴィーナスとアドーニス』（この作が詩人シェイクスピアの名声を確乎としたものにしたとさえ言われる）などの印税までも含めると、一九五〇年頃の英貨に換算しておよそ年収千八百ポンドにのぼっていたと推定される。しかし金銭上の安定もさることながら、世間で成功して創作活動を活潑《かっぱつ》に進めていることからくる幸福感にシェイクスピアはひたっていたらしく、劇場座での観衆の拍手、天覧上演の際における女王陛下みずからのねぎらいの言葉、出版された物語詩の好評、といったもので彼は大いに張り切っていたと思われる。

さらに、ペストの流行によってロンドンの劇場は二つに減り、シェイクスピアの所属していた劇団とはライヴァルの関係にある、ヘンズローを興行主とした薔薇《ばら》座の有力な座付作者マーローが刺し殺されたり（一五九三年）、その前年には劇作家ロバート・グリーンが窮死したり、翌年には、シェイクスピアのとは別の『ハムレット』を書いたと目されているトマス・キッドも貧困のうちに死ぬといった情況で、一五九五年の初頭には、生きている者としてはシェイクスピア唯《ただ》一人がロンドンの劇壇に君臨していたとさえ言える。一五九六年に起った息子ハムネットの死もさして深い影を作品の上に投げかけてはいない。

こうした中でシェイクスピアはまぎれもなく彼自身の刻印をもつ幾つかの戯曲を書いた。このいわゆる喜劇時代に書かれたのは喜劇だけではなく、『リチャード二世』や『ヘンリー四世』全二部、『ヘンリー五世』などの史劇も含まれているが、その『ヘンリー四世』に登場する無頼漢のフォールスタフは古今東西を通じて最大の喜劇的人物であって、まさに天衣無縫、型破りの道化ぶりを示し、大嘘《おおうそ》と野卑な冗談を連発し、大の好色漢で、戦場に出ても「名誉」とやらを重んぜず、死んだふりをして難を免《まぬ》かれてけろりとしているすごく肥《ふと》った巨漢である。このフォールスタフを舞台に見て抱腹絶倒しない者があったら、その人はもう人間ではないとさえ言える、そんな男なのだ。或《あ》る調査によると、エリザベス朝時代の観客が最も好んでいた作中人物がこのフォールスタフであり、ハムレットがそれに次ぐという。これは現代でも変りあるまい。

しかも、この史劇は必ずしもフォールスタフを中心にしたものではない。フォールスタフはいわば大きな添えものにすぎなく、劇の中心は、ハル王子が初めは町の無頼漢と付き合って強盗などを働く不良青年であったのが、ひとたび内乱となると、しゃんとした勇士になって武功を樹《た》て、王位につくという筋であり、それが英国史の一環として全体の枠《わく》内にすっぽり収まっているのである。

喜劇時代の作品で次に挙げねばならぬのは、何と言っても『夏の夜の夢』であろう。この劇はさる貴族の婚礼の席で上演されるものとして書かれたらしいが、二組の若い男女の恋の行き違いが、妖精《ようせい》の支配する森の中で展開し、それに市井《しせい》の職人たちのへっぽこ芝居が婚礼の席で披露《ひろう》されるという、これもシェイクスピアならではの、浪漫喜劇となっている。ドーヴァー・ウィルソンのいう「幸福な喜劇」の極致がこの一編であろう。

この期に書かれたもう一つの喜劇『空騒《からさわ》ぎ』は、悪玉ジョンの奸計《かんけい》によって初心《うぶ》な花嫁が道ならぬ恋をしたということにされ、せっかくの婚礼がふいになるが、やがてピンぼけのしたうすのろの警保官たちの「活躍」によって悪事が露見し、婚礼の時にショックで死んだはずの花嫁が「生き返り」、万事丸く収まるという主筋に、『じゃじゃ馬ならし』のペトルーキオーとカタリーナとのやりとりにも似た舌戦を繰り返すベネディック対ベアトリスの機知合戦という大きな副筋がついており、この副筋のほうも、結婚嫌《ぎら》いを標榜《ひょうぼう》していた二人の男女が周囲の人たちの計略にかかって結婚にゴール・インするという幸福な結末に終っている。

次に本書の『ヴェニスの商人』だが、このイタリア風の喜劇も見せ場の多い芝居で、特にポーシャが男装して裁判官になる法廷の場のどんでん返しと、ロマンティックな締め括《くく》りの場面が楽しめる。なお、この劇で一度だけだが悲劇的なセリフを吐くユダヤ人高利貸しのシャイロックは、マーローの悲劇『モルタ島のユダヤ人』に登場するバラバから示唆《しさ》を得て描かれた節がある。が、シャイロックをあまり悲劇視するのはあやまりであり、彼はこの劇の中で狡猾《こうかつ》なユダヤ商人の役を演じているにすぎない。

次に史劇のほうだが、『リチャード二世』は、わがままで無定見、しかも臆病者《おくびょうもの》であるために王者としての貫禄《かんろく》はないが、精美な感情をもっているリチャード二世が、冷徹な策士で決断力にも富んでいる従弟《いとこ》ボリングブルックと、王冠をめぐって争うさまを描いている。当然だが、前者が敗れ、後者は王を従えてロンドン市中を行進し、王に譲位を迫ったのちに彼を弑《しい》する。この劇の詩文は見事なもので、悲劇時代の作

『アントニーとクレオパトラ』のそれに劣らないとの定評がある。それは主人公のリチャード二世が繊細な感情の持主であることによるのだ。『ヘンリー五世』は先に述べた『ヘンリー四世』全二部と併せて三部作をなすと見るべき作品で、アジンコートにおける対仏軍《たいふつぐん》の英軍の大勝利を根幹としており、ヘンリー五世はフランス王女カサリンに求婚して彼女を妃《きさき》として凱旋《がいせん》する。この作品は多くのシェイクスピア史劇の中でも特に愛国心の高潮した史劇であり、「五幕の英国国歌」と呼ばれたこともある。

さて、以上がふつうシェイクスピアの喜劇時代と言われる時期に書かれた作品であるが、習作時代とか喜劇時代というような区分は大ざっぱなもので、どこからどこまでを喜劇時代とするかは人によって異なる。第一、作品の執筆年代そのものがはっきりしない場合が多く、なかにはドーヴァー・ウィルソンの推定による『お気に召すまま』の執筆年代のように実に七年間の幅をもたせているものもある。大晦日《おおみそか》が明けると同時にシェイクスピアが一挙に喜劇時代から次の悲劇時代へと移ったわけではないのである。

とにかく、いわゆる習作時代の喜劇に共通しているのは、いずれもが若々しく、屈託なく躍動し、その笑いが明るくさわやかだということであり、悲劇『ロミオとジュリエット』でさえ、四大悲劇と違って、暗さが少なく、若い恋人たちの情熱で明るく輝いているのである。喜劇時代に入ってからも、明るさはあまり変らないのだが、その後期の喜劇『空騒ぎ』には悲劇的要素が色濃く混入してきている。

いずれにせよ、喜劇時代に入ってからは、作者の人間把握《はあく》がより正確に、より深くなり、作劇術も進歩して独自のものが見られるようになり、修業時代の未熟さは跡かたも無くなった。シェイクスピアはこうして作品の実質においても、先輩たちを追いぬいて劇壇の中心的位置を占めるようになったのである。

なお、この喜劇時代の中頃にあたる一五九七年にシェイクスピアは故郷の町ストラトフォードの中心にニュー・プレイスという名の大屋敷を買っており、その翌年には同郷の友人から三十ポンドの借金を申し込まれている。シェイクスピアは依然として裕福であり、老後のことを考えて故郷に家を求めたのであろう。そこにシェイクスピアの精神的な余裕が窺《うかが》われる。故郷に残した妻子のもとにも彼は時折り戻っており、書きかけの仕事を持って帰ってわが家で戯曲などを書いたこともあるらしい。

話は相前後するが、習作時代、喜劇時代のシェイクスピアを通じて言えることは、彼が人生を大らかに受入れて、善も悪も、美も醜もひとしなみに自分の胃袋の中で消化していたことである。シェイクスピアの猥雑《わいざつ》さということがよく言われるが、それも彼が人生を――その一局面だけではなく――全体として通観していたことの証拠であろう。彼は世界の種々相を見、劇の上にその千変万化きわまりない反映を投げかけたのである。

『ヴェニスの商人』について

シェイクスピアの喜劇は、大別すると、『夏の夜の夢』や『あらし』のような夢幻的な浪漫喜劇と、『空騒ぎ』などの世話物的な写実喜劇とに分けられるが、『ヴェニスの商人』は写実的要素よりも浪漫的色彩のまさった傑作喜劇である。シェイクスピアの戯曲の系列を四つの時期に分ける区分法に従えば、第一期の習作時代と第三期の悲劇時代との中間の、いわゆる喜劇時代に書かれたものである。この時代は、ほかにも『夏の夜の夢』『空騒ぎ』などの傑作喜劇が書かれている。

大部分のシェイクスピア劇がそうであるように、『ヴェニスの商人』にも下敷きというか種本がある。シェイクスピア劇は現代的な意味での純然たる「創作」ではなく、過去の多くの物語や言いつたえをかさねあわせた「多層体」であると言った学者がいたが、これは『ヴェニスの商人』にもあてはまる。しかし、それで天才的な劇作家としてのシェイクスピアの値打ちは毫《ごう》も減じはしない。昔からあって親しまれていた題材を用いながら、それをすっかり自家薬籠《やくろう》中のものとなし、劇的効果を生みだし、性格描写を深め、新しい意味を作品に付与しているのである。純然たる創作では容易に生みだしにくい深みが、下敷きの枠を用いることによって見事に打ちだされているのだ。『ヴェニスの商人』の種本については、福田氏の解題を読んでいただくことにする。

　この喜劇を構成している四つの挿話《そうわ》のなかで最も重要な、中心的な位置を占めているのは、もちろん「人肉裁判」とこの裁判に至るまでの経緯であり、特に法廷の場面そのものは、サスペンスとアイロニーをたっぷり含んだ圧巻である。この場面だけがよく独立して上演されるのも、なるほどとうなずける。

　バサーニオーが証文の金額を十倍にしてでも返済するから、なにとぞ法を曲げてくれと嘆願するのを、法学博士に変装したポーシャは「定《さだま》れる掟《おきて》を動かすことはできない」と軽くつっぱなす。これで雀躍《こおど》りして喜ぶのはシャイロック。有頂天になって「名判官《ほうがん》ダニエル様の再来だ」と叫ぶ。ところが、どっこいポーシャはちゃんとどんでんがえしを用意している。アントーニオーに死の覚悟を固めさせておいてから、最後に、皮肉にも、シャイロックに、そんなに証文の条文に固執するのなら、証文どおりきっかり一ポンドの肉しか切り取ってはならぬ、ときつく言い渡す。これはかなわぬとシャイロックが譲歩して、証文の三倍を受けとって示談にしましょうと言っても、今度はポーシャが許さない。それどころか、血を流させたり、肉を余分か少な目に切り取ったら死刑に処し、財産を没収すると迫る。「名判官ダニエル様の再来だ」というせりふが今度はアントーニオーの側につくグラシャーノーの口からユダヤ人に浴びせられる。(『ジュリアス・シーザー』にも、このように同じせりふが全く逆の立場で語られる場面がある。シーザーを斃《たお》したブルータスがローマ市民に自己弁護の演説をしたあと、アントニーがそのブルータスの「公明正大を尊ぶ男」というせりふを皮肉なしっぺいがえしとしてブルータスに浴びせかけるところである)

さすがのシャイロックもすっかり諦《あきら》め、しっぽを巻いて退散しようとするが、ポーシャはさらに追い討ちをかけ、ヴェニスの市民に危害を加えようとした者は、殺そうとした相手に財産を半分とられ、のこりの半分は国庫に没収、公爵《こうしゃく》の裁量いかんでは死刑にもなしうる、と規定している法律を読みあげる。そのときポーシャがシャイロックを呼びもどす「待て、シャイロック」という一句は万鈞《ばんきん》の重みをもつ重要なせりふである。この一句をきっかけとして、さっきまで攻勢に出ていたシャイロックが今度は完全に裁かれる者、追われる者となるのだ。ここを演出する人は、水を打ったように静まりかえった法廷にポーシャのこのせりふがひときわ強く、凛然《りんぜん》と響きわたるようにすべきであろう。

しかし、ここでシャイロックが死刑になってしまったのでは、万事まるくハッピー・エンドに収まる喜劇ではなくなってしまう。それに、この法廷場面の主題は、法を楯《たて》にとる冷酷無情と、時には法をさえ曲げる慈悲との対決であり、後者の勝利なのである。読者はここで、この場面の初めのほうで語られるポーシャのあの有名な美しい「慈悲」論（「慈悲は強《し》いらるべきものではない。恵みの雨のごとく、天よりこの下界に降りそそぐもの。……」）を思いだされたい。かくして、公爵とアントーニオーの慈悲によってシャイロックはロレンゾーへの財産譲渡とキリスト教への改宗を承知する。「それでよいか、シャイロック？　何か言うことがあるか？」と問うポーシャにシャイロックが答えて言う「それでよろしゅうございます」というせりふを、どういうふうに言わせるかも、演出上の一つのポイントであろう。本当に満足してそう言うのか、それとも、腹の中は不満で一杯でありながら、しぶしぶ「いやだが、しかたがない」というふうに低くこもった声で言うのか。この芝居を純然たる喜劇と見る立場に立てば、すべてをハッピー・エンドに導く前者をとるのが正しいのだろうが、私の聞いた英国のレコードでは、後者の言わせかたをしていた。この解釈に従えば、シャイロックは、ここで最後に舞台から消える瞬間まで、満足することを知らない我《が》利我利亡者《りがりもうじゃ》でありつづけることになる。このことは、次に述べるシャイロック観の違いと関係してくる問題であろう。

十八世紀初頭の批評家ニコラス・ローは、『ヴェニスの商人』は「喜劇と考えられ、喜劇として演じられているが、私には作者が悲劇としてこの劇を書いたとしか思えない」と書いており、詩人ハイネも同じことを言っている。これは、ユダヤ人の高利貸しシャイロックを全体の喜劇の枠からひきずりだして、彼個人を悲劇的な人物、いわば生贄《いけにえ》と見なすことから来ている。シャイロックには、たしかにそう考えさせかねない一種の強さと苦悶《くもん》の表情があることは事実なのだが（そして、この芝居の初めの部分はあまり喜劇らしくない雰囲気《ふんいき》をもっているのだが）それだけで彼を悲劇的な人物にまつりあげるのは警戒すべきである。訳者の福田氏もそう書いておられる。シャイロックは、なによりもまず、喜劇中の悪役という役割をふりあてられた人物なのであり、他の登場人物たちは（それに観客も）そのように彼を扱っているのである。彼はみずから設けた冷酷の罠《わな》にみずからはまりこむ滑稽《こっけい》な鼻つまみ者なのだ。この芝居が書かれた当時の英国では、ユダヤ人は入国を禁止されており、悪どい高利貸しも道徳的に忌避されていた。その風潮をシェイクスピアは利用したまでなのである。

だが、それでも、シャイロックが劇中で最も重要な役であることは否《いな》めない。彼の役は、なみの道化役者の手に負えるものではなく、すでに初演当時から、主役級の名優によって演じられてきたことからも、このことが窺われる。彼は喜劇の悪役として は大型の「支配的な」人物なのである。五つの場面にしか登場しないのに、多くの観客にとって興味の中心となっている。ハイネのように、シェイクスピアはシャイロックを通じてユダヤ人を擁護しているのだ、などと言うのは論外の極論であるが、シャイロックはあくまでも喜劇の枠内で彼独自の強烈さをもって生きている。第三幕第一場でサレアリオーたちにむかって叩《たた》きつける皮肉な毒舌は、辛辣《しんらつ》で生気に溢《あふ》れ、彼の真情を吐露した巧みなしっぺいがえしである。ユダヤ人を目の敵《かたき》にするキリスト教徒を非難して彼は言う——

「あの男、おれに恥をかかせた、（中略）おれの仲間を蔑《さげす》み、おれの商売の裏をかく、（中略）それもなんのためだ？　ユダヤ人だからさ……ユダヤ人は目なしだとでも言うのですかい？（中略）同じものを食ってはいないと言うのかね、（中略）何もかもクリスト教徒とは違うとでも言うのかな？（中略）ひどいめに会わされても、仕かえしはするな、そうおっしゃるんですかい？（中略）クリスト教徒がユダヤ人にひどいめに会わされたら、御自慢の温情はなんと言いますかな？仕かえしとくる。それなら、ユダヤ人がクリスト教徒にひどいめに会わされたら、われわれ持ちまえの忍従は、あんたがたのお手本から何を学んだらいいのかな？

やっぱり、仕かえしだ。（後略）」

シェイクスピアがユダヤ人を擁護しているという暴論がとびだしてくるのも、むべなるかなと思われるほど強い語調、巧みな修辞である。このせりふを拡大解釈することは許されないが、他の人物たちから見れば滑稽で冷酷でしかないシャイロックも、その喜劇的な悪役という枠内で、時と場に応じて強く自己主張をする演戯の自由と権利を認められているのである。喜劇の悪役にもこのような行動の「深み」を付与したシェイクスピアは、なんと大きな器量をもった劇作家であったことか。彼はおそらくユダヤ人の実物にお目にかかったことは一度もなかったのだろうが、それでも、このようなユダヤ人の一典型を見事に生かしきっているのである。


シャイロックはそれくらいにして、この芝居のもう一つの見どころは、第五幕のジェシカとロレンゾーの美しい二重唱のような愛の囁《ささや》きだろう。ここには、浪漫喜劇に響きわたる音楽的な幻想の調べが聞きとれる。この場面につづく指輪騒ぎも滑稽で美しい。ポーシャとネリサは、さんざんバサーニオーとグラシャーノーをからかったあげく（このあたり、二組の男女の「対決」が平行して進む、その効果の面白さ）予想どおり和解が成立して、めでたし、めでたしの幕となる。幕ぎれのせりふを受けもっているのがポーシャでなく、グラシャーノーだということも興味深い。法廷の場面でシャイロックに「名判官ダニエル様の再来だ」というせりふを投げかえしたのも、グラシャーノーだった。彼はこの劇でいわばコーラス（観客代表）の役目を果しているのであり、この芝居の最後を、とびはねながら、おどけた口調で語る軽妙なせりふでしめくくることによって、喜劇の基調をぴたりと整え、完結させているのである。『ヴェニスの商人』は英国のみならず米、仏、独でも頻繁《ひんぱん》に上演されており、わが国では、シェイクスピア劇のなかで最もよく上演された芝居になっている。学校演劇にも向いており、事実、学生たちによってもしばしば上演台本に選ばれている。

（一九七二年一月、英文学者）

シェイクスピア劇の執筆年代（ドーヴァー・ウィルソンによる推定）

《習作時代》

ヘンリー六世　Henry Ⅵ　全三部　〈史劇〉一五九〇―二
リチャード三世　Richard Ⅲ　〈史劇〉一五九二―三
間違い続き　The Comedy of Errors　〈喜劇〉一五九二―三
タイタス・アンドロニカス　Titus Andronicus　〈悲劇〉一五九三
じゃじゃ馬ならし　The Taming of the Shrew　〈喜劇〉一五九三―四
ジョン王　King John　〈史劇〉一五九四
ヴェローナの二紳士　The Two Gentlemen of Verona　〈喜劇〉一五九四―五
恋の骨折損　Love's Labour's Lost　〈喜劇〉一五九四―五
ロミオとジュリエット　Romeo and Juliet　〈悲劇〉一五九五

《喜劇時代》

リチャード二世　Richard Ⅱ　〈史劇〉一五九五―六

夏の夜の夢　A Midsummer-Night's Dream　〈喜劇〉　一五九二―八
ヴェニスの商人　The Merchant of Venice　〈喜劇〉　一五九六―七
ヘンリー四世　Henry Ⅳ　全二部　〈史劇〉　一五九七
空騒ぎ　Much Ado about Nothing　〈喜劇〉　一五九八―九
ヘンリー五世　Henry V　〈史劇〉　一五九八―九

《悲劇時代》

ジュリアス・シーザー　Julius Caesar　〈悲劇〉　一五九九
お気に召すまま　As You Like It　〈喜劇〉　一五九三―一六〇〇
ウィンザーの陽気な女房たち　The Merry Wives of Windsor　〈喜劇〉　一六〇〇―一
ハムレット　Hamlet　〈悲劇〉　一六〇〇―一
トロイラスとクレシダ　Troilus and Cressida　〈悲劇〉　一六〇一―二
十二夜　Twelfth Night　〈喜劇〉　一六〇二―六
末よければ総《すべ》てよし　All's Well That Ends Well　〈喜劇〉　一六〇二―三
マクベス　Macbeth　〈悲劇〉　一六〇一―六

オセロー　Othello　〈悲劇〉一六〇二
目には目を　Measure for Measure　〈喜劇〉一六〇四―六
リア王　King Lear　〈悲劇〉一六〇四―六
アントニーとクレオパトラ　Anthony and Cleopatra　〈悲劇〉一六〇六―七
コリオレイナス　Coriolanus　〈悲劇〉一六〇七―八
アセンズのタイモン　Timon of Athens　〈悲劇〉一六〇七―八

《浪漫劇時代》
ペリクリーズ　Pericles　〈喜劇〉一六〇八―九
シンベリン　Cymbeline　〈喜劇〉一六〇九―一〇
冬物語　The Winter's Tale　〈喜劇〉一六一〇―一
あらし　The Tempest　〈喜劇〉一六一一―二

年譜（戯曲の上演、出版、出版登録は、ほとんど最初の記録だけを記載した）

一五六四年（永禄《えいろく》七年）　四月二十六日、ストラトフォードの教会でウィリアム・シェイクスピアが洗礼を受けた。父はジョン、母はメアリー、ウィリアムはその第三子で、長男として生れた。

一五八二年（天正十年）十八歳　十一月二十七日、シェイクスピアとアン・ハサウェイとの結婚許可が交付された。

一五八三年（天正十一年）十九歳　五月二十六日、長女スザンナが洗礼を受けた。

一五八五年（天正十三年）二十一歳　二月二日、長男ハムネットと次女ジュディス（双子）が洗礼。

一五九二年（文禄元年）二十八歳　三月三日、『ヘンリー六世』第一部とおぼしき芝居が上演された。

一五九三年（文禄二年）二十九歳　サザンプトン伯に献じられた物語詩『ヴィーナスとアドーニス』出版。

一五九四年（文禄三年）三十歳　同じくサザンプトン伯に献じられた物語詩『ルークリース凌辱《りょうじょく》』出版。

一五九六年（慶長元年）三十二歳　八月十一日、長男ハムネット郷里にて埋葬。

一五九七年（慶長二年）三十三歳　五月四日、ストラトフォードの中央にある大屋敷（ニュー・プレイス）を六十ポンドで購入。十一月、ロンドン聖ヘレン教区の区費徴収簿に「ウィリアム・シェイクスピア」が五シリング滞納し、「死亡ないし移転」したのであろう旨《むね》が記されている。

一五九八年（慶長三年）三十四歳　シェイクスピアはロンドン市内のバンクサイド（のちに《地球座》が建てられた付近）に移転していたことが判明。九月、ベン・ジョンソンの『十人十色』の初演に出演。同月、フランシス・ミアーズの詞華集『パラディス・タマイア』が出版登録されたが、この書にはシェイクスピアへの手放しの讃美《さんび》が見られる。なお、この年『恋の骨折損』が出版されたが、シェイクスピアの著者名で彼の戯曲が出版されたのは、これが最初である。

一五九九年（慶長四年）三十五歳　二月、侍従長劇団の本拠《地球座》の開場に際して、同劇場の十分の一の株を所有する管理者となる。

一六〇〇年（慶長五年）三十六歳　八月四日、シェイクスピアの名が初めて出版登録簿に載る。登録作品は『空騒《からさわ》ぎ』。

一六〇一年（慶長六年）三十七歳　二月七日、エセックス伯一党のために『リチャード二世』を、《地球座》で上演。翌日、エセックス伯は反乱を起したが失敗、後日斬首《ざんしゅ》される。九月八日、父ジョン埋葬。

一六〇二年（慶長七年）三十八歳　五月一日、ストラトフォードの近郊に約五十二町の土地を三百二十ポンドで買う。

一六〇三年（慶長八年）三十九歳　三月二十四日、エリザベス女王死去。ジェイムズ一世即位。五月、侍従長劇団は勅許によって国王劇団と改名、新国王の庇護《ひご》を得て、より自由に公演できるようになる。

一六〇四年（慶長九年）四十歳　三月、新国王の戴《たい》冠《かん》行列に仕着せ用の赤布が国王劇団の株主に下賜《かし》される。或《あ》る薬屋への借金をめぐってシェイクスピアが訴訟を起したのは、この年の末と見られる。

一六〇五年（慶長十年）四十一歳　七月、ストラトフォード近辺の《十分の一税》を取得する権利を四百四十ポンドで購入。（この権利の価格は年々変動があり、その売買は投機になった）

一六〇七年（慶長十二年）四十三歳　六月五日、長女スザンナが医師ジョン・ホールと結婚。

一六〇八年（慶長十三年）四十四歳　二月、孫娘エリザベス誕生。シェイクスピアの生前に生れた唯《ただ》一人の孫である。八月九日、《ブラックフライアーズ劇場》の七分の一の株をもつ共同所有者となる。九月九日、母メアリー埋葬。

一六一〇年（慶長十五年）四十六歳　ストラトフォードのニュー・プレイスに居を移し、ロンドンから完全に退いたのは、この頃《ころ》と推定される。

一六一二年（慶長十七年）四十八歳　五月より六月にかけて、或る民事裁判の重要証人としてロンドンの法廷に出る。

一六一三年（慶長十八年）四十九歳　六月二十九日、『ヘンリー八世』初演中に《地球座》が焼失。

一六一六年（元和《げんな》二年）五十二歳　二月十日、次女ジュディスがトマス・クイネイと結婚。三月二十五日、病床で遺言状に署名。四月二十三日に死去。埋葬は二十五日。

中村保男 編

シェイクスピア
福田恆存訳
夏の夜の夢・あらし

妖精のいたずらに迷わされる恋人たちが月夜の森にくりひろげる幻想喜劇「夏の夜の夢」、調和と和解の世界を描く最後の傑作「あらし」。

シェイクスピア
福田恆存訳
じゃじゃ馬ならし・空騒ぎ

パデュアの街に展開される楽しい恋のかけひき「じゃじゃ馬ならし」。知事の娘の婚礼前夜に起った大騒動「空騒ぎ」。機知舌戦の二喜劇。

シェイクスピア
福田恆存訳
アントニーとクレオパトラ

シーザー亡きあと、ローマ帝国独裁の野望を秘めながら、エジプトの女王クレオパトラと恋におちたアントニー。情熱にみちた悲劇。

シェイクスピア
福田恆存訳
リチャード三世

あらゆる権謀術数を駆使して王位を狙う魔性の君主リチャード――薔薇戦争を背景に偽善と偽悪をこえた近代的悪人像を確立した史劇。

シェイクスピア
福田恆存訳
お気に召すまま

美しいアーデンの森の中で、幾組もの恋人たちが展開するさまざまな恋。牧歌的抒情と巧みな演劇手法がみごとに融和した浪漫喜劇。

ゲーテ
高橋義孝訳
若きウェルテルの悩み

ゲーテ自身の絶望的な恋の体験を作品化した書簡体小説。許婚者のいる女性ロッテを恋したウェルテルの苦悩と煩悶を描く古典的名作。

ガラスの街
P・オースター
柴田元幸訳

透明感あふれる音楽的な文章と意表をつくストーリー――オースター翻訳の第一人者によるデビュー小説の新訳、待望の文庫化！

幽霊たち
P・オースター
柴田元幸訳

探偵ブルーが、ホワイトから依頼された、ブラックという男の、奇妙な見張り。探偵小説？　哲学小説？　'80年代アメリカ文学の代表作。

孤独の発明
P・オースター
柴田元幸訳

父が遺した夥しい写真に導かれ、私は曖昧な記憶を探り始めた。見えない父の実像を求めて……。父子関係をめぐる著者の原点的作品。

ムーン・パレス
日本翻訳大賞受賞
P・オースター
柴田元幸訳

世界との絆を失った僕は、人生から転落しはじめた……。奇想天外な物語が躍動し、月のイメージが深い余韻を残す絶品の青春小説。

偶然の音楽
P・オースター
柴田元幸訳

〈望みのないものにしか興味の持てない〉ナッシュと、博打の天才が辿る数奇な運命。現代米文学の旗手が送る理不尽な衝撃と虚脱感。

リヴァイアサン
P・オースター
柴田元幸訳

全米各地の自由の女神を爆破したテロリストは、何に絶望し何を破壊したかったのか。そして彼が追い続けた怪物リヴァイアサンとは。

カミュ
窪田啓作訳

異邦人

太陽が眩しくてアラビア人を殺し、死刑判決を受けたのちも自分は幸福であると確信する主人公ムルソー。不条理をテーマにした名作。

カミュ
清水徹訳

シーシュポスの神話

ギリシアの神話に寓して〝不条理〟の理論を展開、追究した哲学的エッセイで、カミュの世界を支えている根本思想が展開されている。

カミュ
宮崎嶺雄訳

ペスト

ペストに襲われ孤立した町の中で悪疫と戦う市民たちの姿を描いて、あらゆる人生の悪に立ち向うための連帯感の確立を追う代表作。

カミュ
高畠正明訳

幸福な死

平凡な青年メルソーは、富裕な身体障害者の〝時間は金で購われる〟という主張に従い、彼を殺し金を奪う。『異邦人』誕生の秘密を解く作品。

カミュ・サルトル他
佐藤朔訳

革命か反抗か

人間はいかにして「歴史を生きる」ことができるか――鋭く対立するサルトルとカミュの間にたたかわされた、存在の根本に迫る論争。

カミュ
大久保敏彦訳

最初の人間

突然の交通事故で世を去ったカミュ。事故現場には未完の自伝的小説が――。戦後最年少でノーベル文学賞を受賞した天才作家の遺作。

カポーティ
河野一郎訳
遠い声 遠い部屋

傷つきやすい豊かな感受性をもった少年が、自我を見い出すまでの精神的成長の途上でたどる、さまざまな心の葛藤を描いた処女長編。

カポーティ
大澤 薫訳
草の竪琴

幼な児のような老嬢ドリーの家出をめぐる、ファンタスティックでユーモラスな事件の渦中で成長してゆく少年コリンの内面を描く。

カポーティ
川本三郎訳
夜の樹

旅行中に不気味な夫婦と出会った女子大生。人間の孤独や不安を鮮かに捉えた表題作など、お洒落で哀しいショート・ストーリー9編。

カポーティ
佐々田雅子訳
冷 血

カンザスの片田舎で起きた一家四人惨殺事件。事件発生から犯人の処刑までを綿密に再現した衝撃のノンフィクション・ノヴェル！

カポーティ
川本三郎訳
叶えられた祈り

ハイソサエティの退廃的な生活にあこがれるニヒルな青年。セレブたちが激怒し、自ら最高傑作と称しながらも未完に終わった遺作。

カポーティ
村上春樹訳
ティファニーで朝食を

気まぐれで可憐なヒロイン、ホリーが再び世界を魅了する。カポーティ永遠の名作がみずみずしい新訳を得て新世紀に踏み出す。

フィツジェラルド 野崎　孝訳	グレート・ギャツビー	豪奢な邸宅、週末ごとの盛大なパーティ……絢爛たる栄光に包まれながら、失われた愛を求めてひたむきに生きた謎の男の悲劇的生涯。
ディケンズ 加賀山卓朗訳	二都物語	フランス革命下のパリとロンドン。燃え上がる激動の炎の中で、二つの都に繰り広げられる愛と死のロマン。新訳で贈る永遠の名作。
ディケンズ 中野好夫訳	デイヴィッド・コパフィールド（一〜四）	逆境にあっても人間への信頼を失わず、作家として大成したデイヴィッドと彼をめぐる精彩にみちた人間群像！　英文豪の自伝的長編。
ディケンズ 加賀山卓朗訳	オリヴァー・ツイスト	オリヴァー8歳。窃盗団に入りながらも純粋な心を失わず、ロンドンの街を生き抜く孤児の命運を描いた、ディケンズ初期の傑作。
ディケンズ 村岡花子訳	クリスマス・キャロル	貧しいけれど心の暖かい人々、孤独で寂しい自分の未来……亡霊たちに見せられた光景が、ケチで冷酷なスクルージの心を変えさせた。
C・ブロンテ 大久保康雄訳	ジェーン・エア（上・下）	貧民学校で教育を受けた女家庭教師と、狂女を妻にもつ主人との波瀾に富んだ恋愛を描き、社会的常識に痛烈な憤りをぶつける長編小説。